Tierras Solares

Por

Rubén Darío

BARCELONA

Después de algunos años vuelvo a Barcelona, tierra buena. En otra ocasión os he dicho mis impresiones de este país grato y amable, en donde la laboriosidad es virtud común y el orgullo innato y el sustento de las tradiciones defensa contra debilitamientos y decadencias. Salí de París el día de la primera nevada, que anunciaba la crudez del próximo invierno. Salí en busca de sol y salud, y aquí, desde que he llegado, he visto la luz alegre y sana del sol español, un cielo sin las tristezas parisienses; y una vez más me he asombrado de cómo Jean Moreas encuentra en París el mismo cielo de Grecia, el cual tan solamente da todo su gozo en las tierras solares. Bien es cierto que el poeta se refiere más al ambiente que a la luz, más al respirar que al mirar. Pero la bondad de este cielo entra principalmente por los ojos y los poros, abiertos al cálido cariño del inmenso y maravilloso diamante de vida que nos hace la merced de existir.

Cuando os escribí de España fue a raíz de la guerra funesta. Acababa de pasar la tempestad. Estaba dolorosa y abatida la raza, agonizaba el país. Y os hablé, sin embargo, de la mina de energía, del vasto yacimiento de fuerza que hallé en esta provincia de Cataluña, gracias al carácter de los habitantes, de antaño famosos por empresas arduas y bien realizadas; y admiré la riqueza y el movimiento productor de esta Barcelona modernísima, hermana en trabajo de la potente Bilbao, afortunadas hormigas ambas que no han mirado nunca con buen mirar a la cortesana cigarra de Castilla. España estaba, por opinión general, condenada a la perpetua ruina, a la irremediable muerte. No se veía venir por ninguna parte el caballero esperado, a quien buscaba en la lejanía del camino la mirada ansiosa de la hermana Ana. Hubo el aparecimiento de los profetas del mal y la irrupción de los improvisados salvadores. Todo el mundo era hábil para indicar una senda propicia; todo el mundo se creía llamado a poner nueva sangre en el cuerpo agotado. Se dijera un consejo de políticas. Todas las políticas y todos los politiquistas sabían un secreto con el cual se iba a hinchar con músculos nuevos el pellejo del maltrecho León. En el mundo del pensamiento se veían apenas unas cuantas esperanzas entre el coro de eminencias amojamadas. Apenas los pocos violentos, los revolucionarios, los iconoclastas, hacían lo posible por encender una hoguera nueva. Y olía demasiado a podrido en Dinamarca.

Hoy, al pasar, mi impresión es otra. Desde hace algún tiempo se ha notado un estremecimiento de vida en la península. Cierto que las políticas y los politiquistas continúan con sus ruidos inútiles y sus discursos verbosos; cierto que ni los del carlismo renuncian a su vago soñar, ni los de la república pierden momento para proclamar que ellos son los dueños del porvenir y de la grandeza nacional, entre escándalos y rivalidades poco provechosas al verdadero ideal perseguido; cierto que el clericalismo inquisitorial, por un lado, y el militarismo montjuichesco, por otro, no han cambiado un ápice desde los tiempos terribles en que cayó, rojamente, el pobre y grande conservador D. Antonio Cánovas; cierto que nadie sucede al pobre y grande liberal Emilio Castelar; cierto que cierta prensa en que los antiguos baturrillos, tiquismiquis, o dimes y diretes continúan en una tradicional ignorancia de cultura, aún persiste; cierto que el hambre del pueblo no mengua; cierto que la pereza general y la inquina porque sí, del uno contra el otro, se sigue manifestando; cierto que sigue oliendo a podrido en Dinamarca. Pero, fijaos bien: una fragancia de juventud en flor llega hasta nosotros. Voces individuales, pero poderosas y firmes, dicen palabras de bien y de verdad que el país comienza a escuchar. Hay un rumor. ¿Es una resurrección? No, es un despertamiento. Se renace. Se vuelve a vivir en un deseo de acción, que demuestra y anuncia una próxima era de victorias. No tenían razón los desconsolados, los que juzgaron el daño irremediable. He ahí los buenos pensadores de la nueva España que piensa; he ahí los buenos profesores de trabajo; los bravos catedráticos de actos, que enseñan a las generaciones flamantes la manera de conseguir el logro, de sembrar para recoger. Los superficiales del pedantismo desaparecieron; los superficiales del odio inmotivado, de la improductiva palabra, de las envidias absurdas, esos no existen más que en sí mismos. Existe, empero, una juventud que ha encontrado su verbo. Existen los nuevos apóstoles que dicen la doctrina saludable de la regeneración, del gozo de la existencia; los buenos escritores de desinterés y de ímpetu; los nuevos poetas que hablan armoniosamente, con sencillez o con complicación, según sus almas, lo que sienten, lo que juzgan que deben decir, en amor y sinceridad, con desdén del lodo verbal, de la vulgar hazaña, del reír injusto. Y eso en toda España, desde entre los vascos y catalanes activos, hasta entre los vibrantes andaluces y entre los habitantes de la gárrula corte. La salud será, pues, luego, total.

Mas Barcelona me detiene, con su carácter tan propio, y sin embargo, desde antes tan universalizada más que europeizada. Sus ramblas floridas hierven de almas, con su paseo de Gracia; las fábricas vecinas han adquirido mayor empuje. Llegan numerosos los barcos a traer el material de las industrias y salen cargados de la exportación pingüe que aumenta la existente riqueza. Se alzan palacios flamantes. La electricidad ayuda al progreso por todos puntos. La urbe se ensancha y la población crece. Tan solamente turban la paz activa de producir las agitaciones que de tanto en tanto siguen manifestándose y tomando incremento en el elemento obrero. Hay un huevo que empolla desde hace años la revolución latente, pero de ese huevo no saldrá ni con mucho la soñada gallina gorda de los socialistas; antes bien, el ave roja de la anarquía. El obrero aquí no se deja embaucar y va viendo por sí solo. Los cabecillas pueden de un momento a otro perder su cabeza. El trabajador aquí se impone, y su imposición se nota. No se ve un solo establecimiento público que esté vedado a la blusa, y la blusa hace ostentación de su presencia en todas partes. La cultura general es también mayor, como ya otra vez lo he hecho notar, que en otras provincias. El ambiente barcelonés es el de un pequeño París. Sus artistas y escritores, genuinamente catalanes, están en contacto con todo el mundo. Esta tierra de hombres de labor material, vasto nido de menestrales, es también sustentadora de fuertes cerebros, de aladas almas, de finas y sutiles imaginaciones. En el siglo xix surge el marqués de Campo; lo cual no obsta para que nazca después Santiago Rusiñol. Rusiñol, espíritu encantador, pintor de soñaciones, maestro de melancolías, y el cual en todas sus obras pone algo de la tristeza que ha aprendido en las partes dolorosas y misteriosas de la vida. Le conocí en París, después de ser muy amigos desde lejos. Es la primera vez en que la persona no me causó decepción por el artista. Personal e intelectualmente es el mismo. Gracias a Dios que no me ha quitado aún—¡ni me lo quite nunca!—el don de admirar. Admirar de veras, con mente sincera, con el corazón o con la cabeza, o con ambas cosas. Me habló entonces Rusiñol de su drama L'Heroe y de la resonancia del estreno, pues en la pieza hay dura enseñanza popular dicha, si con manera de noble artista, con claridad que pone a la vista de todos una amarga lección de los injustos horrores de la guerra. Los del gobierno, los del poder y los entorchados, protestaron e iban a provocar grueso escándalo; las representaciones cesaron por orden de la autoridad, y el artista dramaturgo tuvo que salir para Francia. Ahora veo en los carteles anunciada una obra nueva, que por su título juzgo causará, si cabe, mayores protestas. Se llama El Mistich. El soñador hace así su ofrenda de bien a los oprimidos, ayuda a los de abajo. Como debe hacerlo: desde arriba.

Otros poetas traducen a los clásicos, y a los modernísimos extranjeros. Hay un «teatro latino» que equivale a l'Oeuvre, o al Libre de París. Se publican excelentes revistas de ideas y de arte, y libros de ingenios y talentos bregadores presentados en formas artísticamente llamativas y de bella tipografía. Todo esto en catalán. Pues son raros los que, como el noble poeta Marquina, prefieren vestir de castellano sus ideas.

La juventud—¡brava «joventut»!—cultiva su campo, siembra su semilla. Alza, construye su torre en el limitado cerco en que se oye su lengua: pero desde lo alto de su torre, ve todos los horizontes. Fecundo núcleo de vivaz civilización, la vieja Barcino, la generosa y gallarda Barcelona de ahora, se afianza en su seguro valor y alza la cabeza orgullosa coronada de muros, entre la montaña y el mar, que vio partir en otros siglos los barcos de sus conquistadores. ¿Existe el catalanismo? ¿Existe el odio que se ha dicho contra el resto de España? Yo no lo creo ni lo noto ahora. Existe el catalanismo, si por catalanismo se entiende el deseo de usufructuar el haber propio, la separación de ese mismo haber para salvarlo de la amenazadora bancarrota general, el derecho de la hormiga para decir a la cigarra: «¡baila ahora!»; y la voluntad de mandar en su casa. Mas así como el ansia de porvenir ha unido a los obreros catalanes con todos los de la península en una misma mira y un mismo sentimiento, el deseo de vuelo y expansión comienza a unir a la intelectualidad libre catalana con la libre intelectualidad española, representada por admirables personalidades pertenecientes a todas las provincias, ligados así todos por la solidaridad del pensamiento y el propósito de olvidar pasados defectos y errores, y colaborar en la misma tarea de bondad y de gloria. Cierto, repito, que quedan los anquilosados de ayer, los rezagados de la pacotilla; pero toda la sucia y seca hojarasca desaparece al brotar la nueva selva, al renovarse la flora del viejo jardín, a la entrada triunfal de la recién nacida primavera. La América española ha mandado también sus embajadores, y poco a poco se va formando más íntima relación entre ambos continentes, gracias a la fuerza íntima de la idea, y a la internacional potencia del arte y de la palabra. Pues hasta, por mayor decoro, la vida comercial misma ha sacado ventajas, ayudada por los predicadores de las letras y misioneros del periodismo. La unión mental será más y más fundamental cada día que pase, conservando cada país su personalidad y su manera de expresión. Se cambiarán con mayor frecuencia las delegaciones de los intereses y las delegaciones de las ideas. Seremos, entonces sí, la más grande España, antes de que avance el yanqui haciendo Panamaes. Que cada región tenga y conserve su egoísmo altivo, pues de la conjunción de todos esos egoísmos se forma la común grandeza; cada grande árbol crece y se fortifica solo y todos forman la floresta. Esto me hace pensar la Barcelona de las rojas barretinas y de las compañías de vapores, la Barcelona de Rusiñol y de Gual, y la de las copiosas fábricas y nutridos almacenes; la que hace oro, labra hierro, cultiva flores y se fecunda a sí misma, entre los montes altos, silenciosos y las inmensas aguas que hablan.

MÁLAGA

I

Escribo a la orilla del mar, sobre una terraza adonde llega el ruido de la espuma. A pesar de la estación, está alegre y claro el día, y el cielo limpio, de limpidez mineral, y el aire acariciador. Esta es la dulce Málaga, llamada la Bella, de donde son las famosas pasas, las famosas mujeres y el vino preferido para la consagración. Es justamente una parte de la «tierra de María Santísima», con dos partes de la tierra de Mahoma. Mas el color local se va perdiendo, a medida que avanza la universal civilización destructora de poesía y hacedora de negocios. Hay, en verdad, mucho de lo típico, en los barrios singulares, como el Perchel, la Trinidad y la escalonada Alcazaba; mas la ciudad no os ofrecerá mucho que satisfaga a vuestra imaginación, sobre todo si imagináis a la francesa, y no buscáis sino pandereta, navaja, mantón y calañés. Hay sí la reja cantada en los versos, y los ojos espléndidos de las mujeres, y la molicie, y el ambiente de amor. Hay las callejuelas estrechas y antiguas, y las ventanas adornadas con los tiestos de albahacas y claveles, como en los cromos; hay bastante morisco y no poco medioeval. Mas, del lado del mar, surge una Málaga cosmopolita y nueva, y más que cosmopolita, inglesa, durante la «season», pues demás está decir que desde que un Mr. Richard Ford escribió en su «Hand-Book for travellers in Spain» que el clima de Málaga es «superior a todos los de Italia y España para enfermedades del pecho» y que «aquí el invierno es desconocido», la invasión británica estuvo decretada. Los ingleses no han llegado a Andalucía tan solamente por bien de sus pulmones y bronquios. Y así, como lo hace observar José Nogales, que es autoridad y que es andaluz: «en las zonas andaluzas donde se extiende la influencia inglesa—exclusivamente inglesa—, la vida interior reacciona de un modo maravilloso. Parece otra gente. Por Málaga, por el campo de Gibraltar y por Huelva, van entrando los ingleses en mansa y tranquila invasión de intereses que de día en día ensanchan y afirman. Y el fenómeno por mí observado consiste en lo bien y rápidamente que se entienden y hermanan el andaluz y el inglés. A los dos días de llegar, el inglés es «don Guillermo», o «don Roberto», o «don Jorge». Unos y otros se acomodan bien a sus maneras, y hay, andando el tiempo, deseos del entruque rara vez desperdiciados. De ahí va saliendo el núcleo de una raza nueva y vigorosa». El extranjero ha traído a Andalucía el impulso del trabajo, ha implantado fábricas, ha dado gran aumento a la exportación de frutas y de vinos. ¿Quién se acuerda ya del inglés «aborrecido»? El nombre de uno está grabado en un monumento público, el inglés Robert Boyd, que fue fusilado por la causa de la libertad, junto con Torrijos. Estas villas floridas, estos chalets llenos de morenas meridionales y rubias anglo-sajonas, al lado de la Caleta y el Polo, hacen recordar que por aquí pasó Byron y afirman que esto es encantador. Sobre todo, no hay ese bullir lujoso de las ciudades balnearias revueltas por la moda y emponzoñadas por el casino. Aquí no hay casino, ni moda, ni viene Liane de Pougy, ni monsieur de Phocas. Aquí hay luz, montes apacibles, el Mediterráneo, barcas pescadoras. «Larios y boquerones», corrige un andaluz que lee las últimas palabras que he escrito.

¿Larios? En efecto, en la ciudad todo es Larios. La propiedad, la influencia política, están en poder de ese apellido. Vais por un paseo y encontráis una estatua del marqués de Larios. La calle principal de la ciudad, es la calle de Larios; las casas todas que forman esa calle, pertenecen a los Larios; de los Larios son también otras cuantas regadas en la población. Hay dos grandes fábricas de hilados, con unos ocho mil trabajadores, y demás está deciros que esa fábrica es de los Larios. Hay diez fábricas y refinerías de azúcar, y pertenecen igualmente a la famosa familia.—¿Y ese gran asilo?—De Larios. Desde Gibraltar hasta Almería, me dicen, todo es de ellos. Málaga es la ciudad de los Larios.—¿Y la catedral, también será de ellos?—La catedral no; pero el reloj de la catedral, ¡sí! Estas son andaluzadas en serio.

«Les damos por armas la forma de la misma ciudad y fortaleza de Gibralfaro, con el corral de los cautivos en un campo colorado, y por reverencia y en cada una de sus torres, las imágenes de los patronos de Málaga, San Ciriaco y Santa Paula, y por honra del puerto las ondas del mar, y por orladura de las dichas armas, el yugo y las flechas». Así se expresa la real cédula en que los Reyes Católicos, Don Fernando y Doña Isabel, concedieron a Málaga el blasón que queda dicho. Gibralfaro es una ruina, como todo lo que queda recordando el poderío árabe. He visto la bella puerta de las Atarazanas sirviendo de entrada a un mercado, en el mismo lugar en que se levantaba una magnífica mezquita en tiempos no de tanta miseria para el pueblo malagueño. Es la obra de los cristianos y civilizados vencedores. La labrada piedra contesta: Le galib ille Aláh: El vencedor solo es Dios...

Y la herencia arábiga se encuentra por todas partes, en la faz de las mujeres, en las figuras del pueblo, en las rejas de las casas, en los guturales gritos de los vendedores ambulantes.

Cuando he recorrido la ciudadela de la antigua Alcazaba, he creído ver revivir ante mis ojos la pasada existencia. Habitan gentes en las mismas viejas construcciones, casas estrechas y escalonadas en la altura, desde donde se domina el ancho puerto.

En algún punto veis, sobre una columna corintia del tiempo de la dominación romana, el arco en herradura que vio pasar los albornoces blancos y los estandartes verdes. He conocido al poeta y novelista Arturo Reyes, el primero de los portaliras malagueños y bien amado de sus conterráneos; jamás he visto moro de pintura o de verdad que le supere en aspecto. ¡Qué modelo para Benjamín Constant! He visto vestida a la moda de París y en un elegante carruaje, a Zulema; y, con una flor en la cabeza, comprando pescado, cerca del seco Guadalmedina, a Zoraida.

Entrando a la realidad de la vida, halláis un pueblo pobre, falto de sangre y de trabajo. El exceso de población apenas halla salida escasa en los inmigrantes que atraviesan el Océano. Y la indolencia nacional... Iba yo recorriendo la ciudad, en un tranvía tirado por flojos caballos. Allá, en un lugar llamado Puerta Nueva, se encontró un carro en la vía, en el carro unos cuantos sacos, y el carrero cosiendo uno de ellos. El hombre vio venir el tranvía con una mirada indiferente, y siguió cosiendo su saco. ¿Pasaríamos?

¿No pasaríamos...? El conductor descendió a hablar con el carrero; oí vagas palabras, vi pocos gestos. El hombre seguía cosiendo su saco... A los cuatro minutos, el tranvía pudo pasar, et pour cause. El hombre había acabado de coser su saco...

En un lugar de la larga hondonada que forma el lecho del sediento Guadalmedina, he visto una especie de lamentable mercado al aire libre, peces y fruta, cestas de pulpos como en Nápoles, y naranjas doradas. Lo pintoresco no quita la sensación de miseria, entre calles y callejuelas llenas de malos olores, de charcos pestilenciales, de focos de enfermedad. Me explico la abundancia de pálidos rostros, de colores marchitos en las más hermosas facciones.

Hoy veo, en un diario, que el número de reses vacunas sacrificadas es de veinte; y Málaga tiene más de ciento treinta mil habitantes... ¡Y la carne paga una peseta el kilo, de derechos de consumo! Un muy discreto y activo periodista, a quien he tenido el placer de tratar, el Sr. Fernández y García, me da los más penosos detalles: «La carestía de los artículos alimenticios, dice, equivale a un grave motivo de alarma. La carne, para los pobres, resulta un artículo de lujo. Muchos enfermos tienen que prescindir de ese alimento necesario para reponer las fuerzas, porque su precio excesivo no lo pone al alcance más que de las personas bien acomodadas. La leche es mala y cara. ¿De qué nos sirve nuestra vecindad con Marruecos, si rara vez disfrutamos la ventaja de recibir, en cantidad suficiente, huevos y aves a precios económicos, importados de los terrenos inmediatos a nuestras posesiones de África? El pescado mismo, con excepción de los días de pesca abundante y extraordinaria, sufre carestía. ¿El bacalao? Si el gobierno no toma el buen acuerdo de pedir a las Cortes la supresión de los derechos arancelarios, se venderá tan caro, que, como sucede con la carne, no estará al alcance de los pobres. Sólo faltaba el aumento en los precios de los alquileres, y ya es tan difícil encontrar albergue higiénico y barato, como un avaro con alma. De modo que el malestar se acentúa para todas esas clases de la sociedad a quienes la lucha por la existencia resulta penosísima, y que van dejándose la piel en las zarzas de estos infortunios. Con decir que el remedio no se vislumbra, se expresa que la desgracia que nos afluye parece mayor porque se vive sin esperanzas». Hay, pues, necesidad en las clases pobres, hambre en el pueblo.

La antigua religiosidad ha mermado mucho, y, en sus sufrimientos, ya no se vuelven los necesitados a la Divinidad, ya no se ruega a Dios... Se siente una invasión de protestas anárquicas, que va de la ciudad a la campiña, a pesar de las congregaciones religiosas que luchan por conservar su influencia, a pesar de las vírgenes que podéis ver en algunos sitios, a la entrada de algunas casas, adornadas de flores artificiales, y ante las cuales arde una pálida lamparilla de devoción tradicional.

Hoy, 11 de Diciembre, aniversario del fusilamiento de Torrijos y sus compañeros, he ido a ver el monumento levantado en memoria del espantoso sacrificio... No vi coronas profusas, flores de recuerdo. Por calles sucias, entre baches y pedregales, llegué, por el barrio del Perchel, a la iglesia del Carmen, donde estaba el antiguo convento. Por el camino, un compañero me recuerda la página sangrienta que inmortalizó artísticamente un célebre pincel. Encontrábanse en Gibraltar unos cincuenta desterrados a causa de sus ideas liberales, y fueron llamados secretamente por el gobernador de Málaga, Moreno, proponiéndoles pronunciarse con ellos en favor de las libertades de la Constitución, como se decía entonces. Salieron de Gibraltar cincuenta y un hombres. En camino, pasaron la noche en el cortijo de la Alquería, y allí fueron copados por las tropas que mandó con ese objeto el mismo gobernador de Málaga. Lograron escapar dos ingleses, de tres que venían en la expedición. Llegaron los presos por la mañana del 10 de Diciembre, y al día siguiente, a pesar de ser día domingo, con el permiso episcopal, fueron fusilados. La capilla la pasaron en una iglesia del entonces convento carmelita. La ejecución empezó a las siete de la mañana y duró media hora. El último que mataron fue el inglés Boyd. «Mi abuelo, me dice la persona que me acompaña, oyó los tiros desde el vecino matadero de reses. Calcula que se tirarían mil tiros... De lo que no hay que asombrarse, teniendo en cuenta que entonces se usaban fusiles de chispa, que estaba lloviendo y que se mojaba la pólvora de las cazoletas, por lo que fallaban muchos tiros. Los quejidos de las víctimas y el estado nervioso de los mismos soldados de la ejecución aumentaban el horror de tal manera, que el fraile que confesó y ayudó a bien morir a las víctimas se volvió loco...»

Al llegar a la iglesia, un chicuelo zaparrastroso me sale al paso.

—¿Qué quiere usted?

—Visitar la iglesia.

—Venga.

—Dime: ¿en dónde estuvieron encerrados Torrijos y sus compañeros?

El chico me mira asombrado. No halla qué contestar. Le explico más. Se trata de unos que mataron hace tiempo... Por fin cae en la cuenta.

—Venga usted. Ya sé. Aquí está el confesonario en donde los confesaron.

En efecto: en una capilla que está al lado derecho del altar mayor, y cuya entrada aún conserva la gruesa reja que sirvió de cárcel de una noche a los sacrificados, logré ver entre la obscuridad, aislado, un confesonario viejo y polvoroso. Luego salgo con mi amigo acompañante a buscar el lugar en que fueron ultimados. Lo encontramos, preguntando, en una callejuela inmunda. Hay una base gastada, de mármol, sobre la que reposa una tosca cruz de hierro. Hay una inscripción borrada, ilegible. Ni una flor. Hay comadres conversando en las puertas de las casuchas vecinas, y muchachos mugrientos jugando a pleno cielo, y un perro soñoliento hacia el lado por donde se va al mar azul...

Esta es Málaga la Bella, de donde son las famosas pasas, las famosas mujeres y el vino preferido para la consagración.

II

Por la mañana he ido a ver «sacar el copo» a los pescadores, a un lado del esbelto y blanco faro. Las gentes están ya de fiesta como la mar y el sol. Miro animación por las calles, sobre todo cerca de la Plaza de la Constitución, donde un puñado de barracas atrae a los transeúntes y forasteros. La calle de lujo, la calle Larios, ofrece sus vitrinas llenas de dulces, de pintura criarde y de artículos de París. Allá en la playa hay ropas más vistosas que de costumbre, mantones blancos y azules, pañuelos y corbatas policromas, entre las gentes que van a presenciar la sacada de la red. Tirada por unos cuantos hombres y muchachos, sostenida en las aguas por odres infladas, va saliendo poco a poco ante la inmensidad del Mediterráneo azul y del cielo azul. Cuando llega a la arena y la recogen rápidamente los pescadores—después de larga fatiga,—se ve la carga de boquerones semejantes a vivas rebanaduras de plomo, los opalinos y flácidos calamares, la pescadilla como una lanza, la sardina plateada y profusa. De allí los recoge el vendedor callejero, que va después gritando su calidad y llevando, como la balanza los platillos, dos cestos laterales colgantes del palo que sostiene sobre sus hombros.

Por las calles va la gente atareada en busca de los preparativos de las cenas caseras. Los paveros, «de su banda de pavos en compañía», como canta la sonora guitarra del poeta Rueda, van, en efecto, conduciendo, con una vara larga como de alcalde y un ancho sombrero, a los suculentos animales que son de costumbre y ley en noche de Navidad. Se compran en las dulcerías y confiterías las sabrosas cosas miliunanochescas o monjiles, hechas de harinas y mieles, y cuya nomenclatura regocijaría a pantagruélicos abates: turrones y mazapanes, pestiños, roscas, tortas de aceite y manteca, y entre cien otros, los polvorones de Estepa y Laujar, los alfajores exquisitos y golosinas de almendras y azúcar que se deshacen inefablemente en el paladar. Apenas me referiré a la charcuterie nacional, con sus salchichones de Vich, sus chorizos de Candelario y la Rioja y Extremadura, sus incomparables morcillas y salazones, y la egregia butifarra catalana. Las frutas tienen admirable representación en los puestos que se establecen a la entrada de la calle Nueva, con una variedad y lozanía que sorprenden. Junto a la uva deliciosa del país, cuya fama es universal, y junto a las doradas naranjas dulcísimas, se ve la americana chirimoya y la misma caña de azúcar, y la banana, que han brotado en este suelo al amor de un clima casi tropical. El mercado de frutas en plena calle es a la manera de un zoko árabe, por su bullicio y movimiento, lo pintoresco de las gentes, los borriquillos cargados, los tipos mismos populares y la invisible y perdurable influencia que los antiguos habitantes africanos dejaron en el ambiente de esta ciudad indolente, poética y llena de cálida gracia.

Y he de celebrar siempre, ante todo y después de todo, el hechizo de la mujer malagueña, indudablemente la primera en hermosura en todo el reino de belleza que es la tierra de España. Hay que ver Málaga en un día como éste, con sus calles y paseos, su Caleta y el Palo, su Alameda y su nuevo Parque, animados de maravillosas rosas vivientes, que van y vienen, sin coqueterías de países más parisienizados, pero todas carne floral y colores de vida, de salud y amor. Lo mismo las malagueñas de la aristocracia, que saben bien los usos y modas de París y Londres, que las de la clase media y las del pueblo, llevan en sus rostros un poema de encanto natural y una atávica chispa encendedora de corazones que hacen revivir en las más prosaicas almas de este tiempo práctico, un enamorado son de guzla, o una declamación que valga por una kásida. La malagueña es sultana u odalisca. O impera con la mirada, o halaga con la sonrisa. Hay cuerpos que van rítmicamente andando con manera tal, que el incensu patuit dea os sale de los labios. Hay ojos malagueños que son inmensos, y en su inmensidad está todo el cielo y todo el mar y todo el amor, junto con la inmensa voluptuosidad. Este es don particular de la hembra de aquí, como saturada del perfume de la ilusión moruna del mahometano paraíso. Son las anticipadas huríes. Y como a sus abuelas les impuso el catolicismo la devoción, hay en ellas una inquietante mezcla de ángeles católicos y zoraidas sarracenas. Tienen el más provocador de los pudores. Las cabelleras son copiosas y doradas o renegridas. He visto pasar dos hermanitas de las más opuestas cabelleras: la una nocturna, de noche tempestuosa; la otra auroral. Llevaban el pelo caído por la espalda, y no se podía menos de pensar ya en Margarita, ya en Mignon. ¿Y Esmeralda? A Esmeralda la veis a cada paso. Y si vais al suburbio, en el medio gitano, veis aparecer, aun en horribles tugurios, sus dos ojos negros llenos de pasión y maleficio.

La goletera, la heroína de Arturo Reyes, sale multiplicada de su barrio, seguida del novio y de los varios Pipirigañas que andan alrededor suyo. Como no soy muy ducho en distinguir las de la Goleta entre las del Perchel y de la Trinidad, se me antoja una Trini cada moza de las que llaman barbianas, con bellos ojos y caras y cuerpos de celeste pecado mortal. En el paseo, por la tarde, a orilla del mar quieto y amoroso en su dulce infinito, se juntan todas esas Trinis en grupos familiares, cerca de pequeñas hogueras en que en sartas se asan las ricas sardinas recién salidas del copo, y que se comen calientes, regadas después con el chispeante Montilla que pone luz solar en la cabeza y suelta estas ágiles lenguas, estas ágiles manos y estos ágiles pies, pues siempre se toca la guitarra, siempre se jalea, se acompaña al tocador con las palmas, siempre se cantan las gimientes malagueñas o los rítmicos tangos, y a veces se ve a una brava muchacha iniciar un paso en que luce el garbo heredado de las antiguas danzarinas andaluzas. Las percheleras y las trinitarias son famosas por su gracia y su habilidad para el canto y el baile. Así las he admirado al pasar, mientras un sol cariñoso teñía ya de oro, de violeta, de púrpura, el inmenso cristal mediterráneo.

Los hombres pasan con sus trajes nuevos, las americanas ceñidas a la torera, los sombreros grises cordobeses, los zapatos de charol con la inevitable caña de color claro. Y con ciertos andares y ademanes que hacen ver que el compadrito bonaerense ha heredado algo de por acá. Y las mujeres andan como que se deslizan, con los mantones de lana, blancos, rojos, azules, como las corbatas de los novios y amigos, y llevan las cabezas hermosísimas, adornadas con flores, profusamente, rosas fresquísimas y rosadas, claveles ultraviolentos, y unas especies de crisantemas pajizas que llaman goyetinas, y que completan la decoración floral. Quién va a la casa a preparar la cena de la noche, quién va a las barracas a comprar juguetes con los niños; juguetes que tienen todo el carácter local: guitarritas, castañuelas, panderetas y figuras de nacimiento, que se venden al lado del pin-pan-pum, divertimiento grotesco en que la brutalidad y el instinto de agresión humanos encuentran contentamiento, lo mismo en la feria de Neully que en la diminuta fiesta pascual malacitana. Las borracheras populares comienzan a hacer ruido por la noche. Se oyen pasar las sonoras «parrandas», reuniones de muchachos y muchachas del pueblo, que van cantando coplas por las calles, coplas que recuerdan la celebración del día, la Virgen en el pesebre, José, el niño Jesús, el buey y la mula. Y de paso va entremezclada la copla amorosa o satírica, al son de las zambombas, al grito de los pitos, al chocar de las almireces y castañuelas, al rasgueo de la inseparable guitarra. Hay quien se acuerda todavía de por qué se celebra esa noche; hay quien piensa, por la tradición, en la estrella de los reyes magos, en la aldea de Belén, en el Dios de los cristianos que nació pobremente, que murió hace muchos siglos, y por el cual se pasan ratos muy agradables y regocijados.

La nochebuena se viene,

la nochebuena se va,

y nosotros nos iremos

y no volveremos más.

¡Carrasclás, que gordo está el pavo;

carrasclás, que gordito está;

carrasclás, qué enjundia que tiene;

carrasclás, carrasclás, carrasclás!

¿Quién se acuerda en París, al engullir el «boudin» blanco, ni de Cristo ni de la muerte...?

Luego se va aquí a la misa del gallo. Las gentes invaden la iglesia, iluminada como para la alegre fiesta. El órgano lanza sus chorros armoniosos. Los villancicos resuenan, como las coplas de una celeste juerga. Los registros de la voz humana, del bombardón, de la chirimía, derraman sus sonidos como en un trueno de música. Hay verdadero gozo en el ambiente, aunque la devoción no sea muy grande. Las campanas han anunciado el nacimiento del buen Pastor, celebrado por los pastores y adorado por los reyes. Todo eso está muy bien; y así ha llegado la hora de ir a los ágapes copiosos en que hay tanta golosina, tanto vino encendedor de sangre y el animal de ritual:

¡Carrasclás, que gordo está el pavo;

carrasclás, que gordito está;

carrasclás, qué enjundia que tiene;

carrasclás, carrasclás, carrasclás!

Luego será la danza, los cantos; airosas sevillanas, donairosos panaderos, saltantes y garbosas jotas. Y el buen pueblo continuará en la zambra; saldrá por la población caminando al compás de sus instrumentos, echando al aire, bajo las estrellas, estrofa y estrofa; la parranda llenará con sus ecos todos los barrios; el vino irá dejando vencidos, y la última canción se escuchará hasta después de que haya salido el sol.

Sol andaluz, que vieron los primitivos celtas, que sedujo a los antiguos cartagineses, que deslumbró a los navegantes fenicios, que atrajo a los brumosos vándalos, que admiró a los romanos, pero que, sobre todo, fue la delicia de los africanos de ojos y sangre solares; él es más que todo el donador de gracia y amor en esta tierra. Málaga es predilecta del divino Helios. «En otros días, dice D. Juan Valera, cuando teníamos en España un pronunciamiento cada seis meses, Málaga se jactaba de ser la primera en el peligro de la libertad. Ahora que felizmente la libertad no peligra, Málaga, con su región, bien puede jactarse, si no de ser la primera, de ir muy adelante y de descollar mucho en el cultivo de las letras humanas y de la palabra hablada y escrita. Es singularísimo que los hijos de esa región se distingan hablando y escribiendo, por dos cualidades extremas en las que se cifra todo el poder de la palabra humana. El discurso hablado del malagueño es torrente impetuoso que arrebata y conmueve: acusaciones serias, chistes, burlas, sistemas políticos y económicos, y hasta filosofías de la historia, inventado todo de repente y convertido en masa de proyectiles para derribar a los contrarios y meterlos debajo de los bancos; tal es la elocuencia torrencial de la región malagueña: algo semejante a una venida del Guadalmedina.» Esas son cualidades solares. El sol da su brillo a la imaginación malagueña, su fuerza a la fecundidad malagueña, su singular encanto a la hembra malagueña; Castelar no era de Málaga, era de Cádiz; hermana solar también; pero Cánovas era malagueño. La paleta del egregio maestro Moreno Carbonero concentra mucho de esta luz poderosa y dominante. Los poetas malagueños Díaz de Escovar, que hace cantares oyendo el latir del corazón de su pueblo; Reyes, que lleva la primacía, ardoroso moro, y más que andaluz supermalagueño; Rueda, maestro en gay saber andaluz; Urbano, delicado; Sánchez Rodríguez, triste y melodioso; González Anaya, enamorado melancólico de su tierra; Fernández de los Reyes, que labra el verso sincero y vibrador; todos los portaliras malagueños son dignos de su raza solar. Son almas que sufren lejanos atavismos, de los cuales brota el canto como la rosa del rosal.

Hay una estatua que levantar en Málaga: la de Hamehet-el-Zegrí.

Y así concluyo estas líneas sobre la Nochebuena, en pleno sol.

III

Los extranjeros que llegamos en la hora actual a España, sufrimos ciertamente desengaños. Hemos llegado tarde; les lauriers sont coupés. El progreso es el enemigo de lo pintoresco, y su nivelación no va dejando carácter local ni originalidad en ninguna parte. Hay andaluces de la hora presente que protestan contra la Andalucía de figuras de pandereta y caja-de-pasas, que tanto ha dado que escribir, cantar y pintar, la Andalucía byroniana, de Gautier, la de D'Amicis; protestan porque quieren otra Andalucía semejante a los Dorados comerciales en que piensa mi amigo Maeztu. ¡Ah! desgraciadamente ya no encontramos la poética Andalucía sino muy venida a menos o muy ida a más. El progreso aquí en Málaga, por ejemplo, ha traído los altos hornos y se ha llevado los encantos de antaño. Las particularidades andaluzas que antes daban viva lección de las gracias autóctonas y de las locales bizarrías, la indumentaria misma, todo lo que constituía tema para páginas de colorido y de dibujo característicos, queda en los viejos libros. El Solitario es tan antiguo como Nepote. En la calle principal de Málaga hay tiendas parisienses, dos clubs. En el paseo principal hay corso como en Palermo o en el Bois, relativamente, y la ciudad cuenta con un automóvil, ¡oh poeta Ovando Santarén!, que no podría entrar en tus octavas reales.

Los malagueños progresistas que quieren su ciudad igual a no importa qué «ciudad moderna», con las abominaciones rectangulares que odiaba el gran Yanqui, están en su derecho, como los venecianos que quieren rellenar el Canalazzo y echar al olvido las góndolas. Están en su derecho; pero también están en el suyo los artistas del mundo que defienden la belleza del pasado y la razón del arte. Nada más odioso para mí que un doctor japonés vestido de londinense, que durante el tiempo que nos tocó estar juntos en un compartimiento de ferrocarril, me hablaba con desprecio de los pintores japoneses y de la poesía de su raza, y me elogiaba la invasión del parlamentarismo y la occidentalización de sus compatriotas de ojos circunflejos. Y nada más simpático que la idea del fuerte y noble pintor Moreno Carbonero, que inició un proyecto, según me dicen, de reconstruir la ruinosa Alcazaba morisca malagueña, para resucitar en la ciudad luminosa un rincón pintoresco y animado de la vida antigua, sin duda alguna más activa, y, sobre todo, más bella que la presente. Las altas damas desdeñan ya la mantilla. No se encuentra una maja sino en cromos. Los hombres quieren, por su parte, parecer ingleses, como los elegantes de todos lugares. El pueblo bajo no tiene sino vagos restos de las tradicionales maneras. Los toreros quieren ser personajes sociales. «Don Luis» es el célebre Mazzantini, y se habla de sus modos de gran señor y de su biblioteca y de sus trufas. El otro Mazzantini, el cadet, se mete en los asuntos electores de su pueblo, perora, toma parte activa en las luchas políticas. La coleta queda, por milagro, como un recuerdo y como una costumbre, que acabará por caer. Los tipos bizarros de antes quedan para modelos de los pintores y pour l'exportation.

El mismo cante flamenco ha degenerado, ha perdido sus bríos antiguos. Vagan aún gloriosas ruinas, como Chacón, famoso por sus «jipíos», tanto como por sus buenas fortunas en aristocráticos caprichos, y Juan Breva, el «cantaor» de Don Alfonso XII, que, viejo corpulento, va hoy por ahí cantando en falsetes lamentables las eternas malagueñas de quejas e hipos, o las amorosas y armoniosas soleares, último aeda del antes triunfante flamenquismo. Dicen de Chacón que es uno de los que han contribuido a la ruina del cante, porque ha sido el decadente con talento de los «cantaores», y los que le han seguido y han querido hacer como él, han resultado con el fracaso de todos los serviles acólitos que sin reflexión ni fuerza imitan. Donde algo queda de las pasadas gracias nativas es en el baile, pues las danzarinas andaluzas guardan aún las mismas condiciones que las hacen aparecer en los exámetros de Juvenal. La exportación que ya señala el satírico, está hoy en más auge que nunca. El baile español se ha hecho un número preciso en todo programa de café-concert o music-hall que se respeta, y hay países en donde es singularmente gustado, como en Rusia y en los Estados Unidos. Carolina Otero conoce la admiración de los rublos. Y el ilustre cubano José Martí contó, en una de sus bellas cartas, a los lectores de La Nación, de Buenos Aires, cómo los yanquis salían de su frialdad anglosajona al mover sus estupendas piernas aquella ruidosa y preciosa Carmencita, que quedó, para regocijo de los ojos, perpetuada en la tela de Sargent, que guarda el Luxembourg.

Así, toda joven que aprende a bailar, sueña, si es bella, con la felicidad que existe en el extranjero, con las contratas en grandes ciudades en que hay gloria y amor rico, en las victorias de las Carmencitas, Oteros, Guerreros y Chavitas que van conquistando el mundo a son de sevillana, jota, vito, seguidilla o tango. Entretanto se van cerrando los cafés típicos de cante, aun en esta misma Andalucía de las guitarras, coplas y claveles. Aquí en Málaga había cinco, por ejemplo, entre ellos el famoso de Silverio, y apenas queda uno, muy mediocre y poco atrayente. En Sevilla se cerró el sonadísimo Burrero, en la calle de las Sierpes, después de haber tenido en su tablado todas las celebridades guitarreras y coreográficas de la tierra, que como sabéis, es «de María Santísima». Restan apenas las vistosas y decorativas casas de cante y baile que puedan satisfacer la curiosidad del viajero, en ciudades de segundo orden, como Ronda, Vélez-Malaga o Antequera, lugar por donde muchos quieren que salga el sol...; o allá en Algeciras, o La Línea, en las cercanías de Gibraltar, en donde los ingleses de la guarnición van a dejar sus libras convertidas en castizas pesetas.

Yo he ido a ver aquí en Málaga el café de España. Leí el anuncio en un diario: «Todas las noches, grandes bailes nacionales y cante, por la célebre cantadora por Tangos la Niña de Pomares, y el aplaudido cantador José Beda, el Jerezano. A las siete y media. Entrada al consumo». El local es un largo salón, con mesitas, como cualquier café, y en el centro un tablado, sin adorno alguno.

Concurrencia heteróclita; humo de cigarros; uno que otro «señorito», uno que otro militar, algunos campesinos, que aquí llaman catetos. De pronto, los acordes de un piano se oyen, y aparecen en el tablado seis u ocho mozas vestidas de semimajas; es decir, de majas, que a la conocida indumentaria han agregado adornos y pompones a la francesa.

Llevan colores vistosos en las faldas cortas y acampanadas, en los corpiños; y en las cabezas, rizadas y de peinados bajos, portan moños de cintas y flores de tintes violentos, flores naturales o artificiales. Bailan primero las boleras, que son las que llevan esas faldas cortas, y se acompañan con las castañuelas, bailan el olé, que tiene el ritmo de un vals; los panaderos, más despaciosos, por dos parejas; las sevillanas, el jaleo, el vito, las soleares, las «seguirillas», y hasta jotas. Hay cierta gracia; pero deslucen las arrugadas medias color de carne, los trajes sin esmero, los zapatos usados, las sonrisas forzadas en las caras llenas de pintura, los horribles calzones que se exhiben al dar las ligeras vueltas o al hacer un quiebre de cintura.

Después de las boleras bailan las flamencas sus polos, medios polos, zapateados, tangos y otros bailes. Las flamencas llevan faldas largas, no llevan castañuelas; pero hacen sonar los dedos imitándolas, y tienen un coro de jaleadores que las anima con gritos, con los tradicionales «oles» y «arzas», y que sigue el ritmo con las palmas. Todas esas danzas se parecen; el extranjero, el no conocedor, difícilmente puede distinguir la diferencia que hay entre una y otra, la cual diferencia es de pasos y compases, con el ritmo más o menos precipitado o contenido.

Después que han bailado, descienden boleras y flamencas a visitar a los consumidores en las mesitas, a hacer gastar lo más que se pueda, según la consigna del dueño del café. Todas las que he visto son muy jóvenes y bonitas, afeadas tan solamente por lo sórdido de los vestidos. Hay una niña de trece a catorce años, portadora de monstruosas piernas postizas. Pregunto a un vecino qué dice la liga contra la trata de blancas a este respecto, y me contesta que estas jóvenes son, o por lo menos dicen que son, honestas. De mesa en mesa van trasegando manzanilla y más manzanilla, de mesa en mesa donde hay extranjeros o forasteros, porque los nativos conocen el juego y no se dejan explotar. Las caras de las muchachas, cubiertas de polvos y de afeites, exageradamente brochadas de rojo, a los resplandores de la luz eléctrica toman reflejos extraños, se ven en una verdad lamentable, con un aspecto cuasi grotesco, penoso y triste, en su fiesta, como en un cuadro de Zuloaga. Las infelices beben, beben, para volver a bailar y volver a beber. Las interpelan conocidos, de chaqueta o americana corta y sombrero cordobés, les dicen groseras galanterías, les murmuran proposiciones, se burlan de ellas, y, a veces, las insultan... El piano inicia de nuevo el son, y ellas, descaradas, bestiales, ingenuas, suben de nuevo a las tablas.

Toca a los cantadores la tarea. Cantaor en realidad hay uno sólo de los dos hombres bien afeitados y ceñidos que se sientan en sendas sillas. Uno toca la guitarra. El otro, el cantaor, clava los ojos en el aire, mirando hacia arriba, y comienza a quejarse, a quejarse largamente; con un bastón pesado golpea las tablas, llevando el compás, y la queja se extiende, ondulante, gemido, grito, ay, lamento; y la boca sigue abierta, como si fuese saliendo de ella una interminable cinta de notas gemebundas, hasta que sale el verso de la copla, que se refiere a una de estas tres cosas, que desde hace mil años forman el tema de los poetas andaluces: su mamá, su novia, la muerte, o una de tantas vírgenes de su devoción. Entre verso y verso hay unos ayes desgarradores, unos ayes feroces, de alguien a quien se está asesinando, y entonces, del público conocedor salen unos cuantos ¡olé ya! aprobativos, mientras la guitarra sigue en rasgueos, o canta o gime también como el afeitado y berreante cantaor. Luego se anuncia el «americanito». Y sale a cantar un chico de unos diez o doce años, que bien pudieran ser catorce o quince, y grita, y gime, y berrea también amores desesperados, habla de la Virgen y de una puñalaíta. Y olé ya. Cuando llegó el chico a mi mesa me pidió un chocolate.

A él no le obligan a beber montilla ni manzanilla.

—¿Por qué te llaman «el Americanito»?

—Porque zoy americano.

—¿De dónde?

—De Buenozaire.

—¿Y te acuerdas de Buenozaire?

—No zeñó.

—¿Y cuánto hace que viniste de allá?

—Doze años.

¡Cómo no haya venido en el vientre de su madre! Y vuelta otra vez a los bailes de las pobres muchachas pintarrajeadas, a los clamores desesperados de José Beda «el Jerezano», y a los tangos de la «niña de Pomares». Sale uno fastidiado, aburrido. Gautier y D'Amicis llegaron a estas tierras en tiempos mejores. Sus almas, ciertamente, no tenían el veneno del Livor que mata a las generaciones de hoy; pero también las cosas de España eran distintas entonces. Imperaba la alegría de Fortuny. Había diligencias, contrabandistas, mendigos pintorescos... Hoy éstos abundan de todas layas... Y la vulgaridad utilitaria de la universal civilización lleva el desencanto sobre rieles o en automóvil a todos los rincones del planeta. Si no fuesen las soberbias mujeres, el hechizo de la tierra, la dulzura del sol. Eso ayuda a la imaginación y hace que aun se levanten castillos «en España».

IV

Algunos historiadores malacitanos recuerdan cierta horrorosa tempestad que padeció este puerto el año 1567. «Aunque no ha sido el puerto de Málaga de los más combatidos por las tempestades, no obstante, registra varias tristes efemérides—dice el poeta Díaz de Escovar—que cubrieron de luto a los habitantes de la ciudad». Uno de los temporales más terribles, que ocasionó muchos daños y no pocas víctimas, fue el acaecido el 8 de Febrero de 1567. Pocas noticias detalladas encontramos sobre el mismo, y sólo Martínez de Aguilar, en su Breve descripción cronológica de la fundación de la ciudad de Málaga, impresa en 1819, nos da algunos datos que hacen comprender la importancia del temporal. Marzo, en el tomo segundo, página 72 de la Historia de Málaga, escribe algunas indicaciones sobre este suceso. El puerto estaba lleno de navíos importantes, que debían conducir cargamento de artillería, municiones y otros bastimentos para las plazas de África. A bordo de estos navíos se hallaban seis mil hombres del ejército, que tenían necesidad de desembarcar en Cartagena. El mar, agitado violentamente, arrojó contra las piedras de los muelles muchos de aquellos barcos. Veinticuatro días, según Martínez de Aguilar, duró el temporal, siendo difíciles los socorros y grande el pánico de los que veían perecer tanto y tanto hombre y perdida tanta riqueza.

No están conformes los historiadores, de quienes estos datos tomamos, respecto al número de navíos que se hicieron pedazos. Marzo asegura que fueron veintisiete, cantidad con la cual no está conforme Martínez de Aguilar, que escribe fueron veintitrés, añadiendo que sólo se salvó de aquel horrible desastre un navío vizcaíno. El mar se cubrió de víctimas, pues muchos soldados y marineros perecieron.

Esto me hace recordar otra catástrofe reciente que tanta conmoción produjo; me refiero a la pérdida del buque-escuela de la marina alemana que se despedazó contra los escollos, a la vista de la población malagueña. El barco había salido fuera del puerto, a pesar de amenazar mal tiempo, a hacer algunos ejercicios. La tempestad se vino violentamente, y cuando el capitán quiso entrar a ponerse en salvo, no pudo conseguirlo y el buque chocó contra las rocas. Todos miraban desde los murallones y desde la playa la muerte de tantos hombres, y, si se logró salvar a algunos, grande fue el número de los que perecieron. Quiénes se pudieron asir a cables o boyas, quiénes lograron ganar la costa a nado, a pesar del fragor y fuerza de las olas enormes. Fue aquel un día de luto para la escuadra alemana, para Alemania entera y su emperador. Y he podido ver en este aniversario las coronas que ornaron las tumbas de algunos de los que perecieron en el cementerio inglés de esta ciudad. La pérdida de ese barco-escuela, como la del «Vienne» francés, es de esos golpes terribles que la ira del mar asesta sobre los países que conquistan su elemento con el poder de las escuadras, y la escuadra y la nación argentinas saben de esos duelos con recordar el solo nombre de la perdida «Rosales».

A veces el mar asalta a la tierra, o temerosamente la amenaza; fuera de los formidables cataclismos cíclicos, como aquel en que se hundió la misteriosa Atlántida. Algunos sabréis del clamor que se oyó en el Callao en tiempos ya lejanos: «¡El mar se sale!» Y si mi memoria no yerra, he leído que hubo, en efecto, una invasión del mar. Pues bien, aquí en tierra malagueña se oyó a mediados del antepasado siglo, en el mismo mes y año en que sufrió Lisboa su histórico y terrible terremoto, se oyó el mismo espantoso clamor. Serían las diez y media de la mañana, dice Díaz de Escovar—que sabe admirablemente los pasados y presentes secretos, leyendas e historias de su ciudad—del 27 de Noviembre de 1755, cuando violentas oscilaciones, que, según el autor de las Conversaciones malagueñas, duraron de cinco a seis minutos, conmovieron los edificios de Málaga. A la vez se esparció entre los vecinos la pavorosa voz de que «el mar se salía». Díaz de Escovar, que es varón creyente y valiente en su fe católica, confiesa que no ha de entrar «en disertaciones sobre si la voz fue hija de una extraña realidad o alucinación de exaltadas fantasías». No faltan historiadores, cuyas dotes de veracidad son notorias, que la presenten como verdadera. Barbán de Castro parece dar a entender que la voz no fue sobrenatural, sino que se esparció y propaló de unos en otros, casi instantáneamente.

Esto es más racional y más verosímil por más que nada hay imposible si Dios lo quiere. Paréceme que Málaga, país en donde los gitanos dicen la buenaventura, lleno aún de terrores medioevales como estaba, fue posiblemente presa de una vasta autosugestión colectiva, días después de la ruina de la capital lusitana.

O había terremoto y maremoto, y alguien gritó: «¡el mar se sale!». Aunque ni esto último parece, pues ese mismo citado Barbán de Castro dice en su Cronología: «¿Quién creyera que estando el mar entonces con la mayor quietud y serenidad visible, pues era la hora más proporcionada para ello, se pudiese persuadir a todo un pueblo tan numeroso a que creyese que el mar se le tragaba? Se puede con toda verdad asegurar a nuestros venideros, que apenas hubo persona de todos estados y condiciones que no creyese a un tiempo mismo que el mar, como decían, se había salido, y era menester huir aceleradamente a los montes». A los montes volaron las gentes, por lo que según parece no fue cólera del mar, sino broma neptuniana; de gente se llenaron los cerros de San Cristóbal y Gibralfaro, que están junto a la ciudad. De Escovar escribe que: «El magistrado de la ciudad recorrió las alturas, costándole gran trabajo y no pocas palabras convencer a los que allí se refugiaban de que sólo existía una alarma infundada, que tenía por base el miedo, pues el mar estaba tan sosegado como intranquilos los espíritus de los habitantes de Málaga. Los menos temerosos volvieron a la ciudad. Se publicaron bandos referentes a los hechos ocurridos, en los que se anunciaba que si ocurriese novedad alguna se avisaría por medio de la campana que había sobre la Puerta de Mar, en cuyo sitio un regidor perpetuo, con centinelas avanzados, en el caso de notar algún movimiento peligroso, o extraño en el mar, dispararía algunos tiros al aire, que servirían de señales». Y si gustáis de la nota cómica en medio de las tribulaciones, he aquí lo que cuenta, entre otras cosas, un escritor que presenció los sucesos: «El Dignidad de Tesoro de nuestra iglesia, al ver correr a las gentes a buscar el campo quiso seguirlas, y pareciéndole que en calle de Beatas se atrasaba a otros, porque el manteo y el sombrero le estorbaban, los soltó en la calle, para seguir la marcha, alzándose bien la sotana. Advirtiendo después que en ella llevaba, entre el pecho, metidos los guantes (me contó él mismo), que los arrojó al suelo, pareciéndole que aun aquello le servía de embarazo». Y agrega Medina Conde: «Fueron muchas las confesiones generales que se hicieron, y reformó más este susto que muchas misiones».

He ido a ver en día de mar agitado la playa malagueña. El agua, que tantas veces ha mostrado a mis ojos su espejo de azules profundos y pacíficos, ruge y se arquea y avanza hacia la tierra de manera tal, que bien se explica hayan padecido el legendario susto los que gritaban: «¡El mar se sale!» Las espumas saltan sobre las macizas obras del puerto que aquel gran malagueño que se llamó D. Antonio Cánovas del Castillo dejó a su ciudad nunca olvidada. Por el lado del faro la furia marina se manifiesta igual, y a lo largo de la vía que se extiende hacia la parte de la Caleta. Hablando en poeta diría que la espuma de los briosos caballos de Neptuno, o la hirviente leche de los rebaños que «carnerean» sobre la revuelta superficie, o bien el agitado jabón que mil colosales Nansicaas derraman de colosales artesas, llega alzándose, echando al aire saladas pulverizaciones, rompiéndose en las piedras, hasta salpicar los jardines que en floridas mansiones hay para encanto de hidalgos, ricos o adinerados extranjeros.

He visto, a pesar de la mar brava, que los pescadores estaban sacando sus redes con gran trabajo. Me he acercado a ellos. Unos veinte hombres de cada lado tiraban, aprovechando la llegada de la ola, las cuerdas resistentes; y luego hacían esfuerzos para que la vuelta del agua no les quitara lo ganado.

Poco a poco, bajo el sol y casi desnudos, hacen su tarea. A veces les bañan los espumarajos; a veces les hace retroceder la potencia del agua, y se entierran hasta más arriba de los tobillos, encorvados con la cuerda del hombro. Y parece que el monstruo está colérico, sin razón, como la fatalidad, contra esos pobres trabajadores del mar. Porque las cóleras del mar son así, como todas las cosas de la naturaleza, iguales para todos. La hormiga o el hombre, el acorazado o la lancha del pescador, son aplastados por la misma invisible mano, sorbidos por el mismo visible elemento, unidos en la destrucción, en la universal muerte. Thalasa no sabe si el rey loco la manda azotar, o si están allí los pies de ese otro rey para mojarlos o no. Ella vive en su misterio. Hace su eterna obra, cumple su destino infinito. Apenas si se comunica con los corazones que se acuerdan con la palpitación del suyo, con las mentes de los soñadores y pensadores que se hunden en lo insondable del tiempo y del espacio, con los buzos de Dios.

La ronca mar sigue en sus vaivenes y en sus clamores furiosos, y los pescadores tiran de su «copo». Un grito señala el momento de unir el empuje. Entre los que trabajan hay ancianos, hombres robustos, adolescentes dorados de sol, niños que están aprendiendo los oficios del agua y del viento. Un capataz vigila. A lo lejos se recortan en el lejano horizonte las velas latinas que andan aguas adentro. Los colores del agua cambian. Aquí es el blanco lácteo de las espumas, en seguida un gris verdoso, en seguida verdeoscuro, luego verdepálido, luego azul. Y las voces del mar enojado son roncas, hondas, cuando se desploman los arcos de cristal y de ámbar, alborotadas como de muchedumbre al saltar los ramilletes enormes, las cascadas espumosas, y con ruido de sedas, de papeles que se rozan, de cóndor que se arrastra, del aire entre los ramajes de pinos de un bosque.

Gracias a Dios. A pesar de la cólera del mar, a pesar del ímpetu de esas poderosas fuerzas, he aquí que los pescadores han sacado por fin el «copo», y más cargados de peces que otras ocasiones en que los he visto trabajar con viento propicio y Mediterráneo en calma. La red ha traído un buen por qué de calamares, sardinas, rojos salmonetes, pequeños y saltantes boquerones, un crecido, feo y amarillento pulpo. Los pescadores están contentos. Y me alejo pensando—asociación de ideas—en Wells, en Víctor Hugo y en N. S. Jesucristo.

LA TRISTEZA ANDALUZA

¿Habéis oído a un «cantaor»? Si lo habéis oído, os recordaré esa voz larga y gimiente, esa cara rapada y seria, esa mano que mueve el bastón para llevar el compás. Parece que el hombre se está muriendo, parece que se va a acabar, parece que se acabó. A mí me ha conturbado tal gemido de otro mundo, tal hilo de alma, cosa de armonía enferma, copla llena de rota música que no se sabe con qué afanes va a hundirse en los abismos del espacio. El «cantaor», aeda de estas tierras extrañas, ha recogido el alma triste de la España mora y la echa por la boca en quejidos, en largos ayes, en lamentos desesperados de pasión. Más que una pena personal, es una pena nacional la que estos hombres van gimiendo al son de las histéricas guitarras. Son cosas antiguas, son cosas melodiosas o furiosas de palacios de árabes... He oído a Juan Breva, el «cantaor» de más renombre, el que acompañó en sus juergas al rey alegre don Alfonso XII. Juan Breva aúlla o se queja, lobo o pájaro de amor, dejando entrever todo el pasado de estas regiones asoleadas, toda la morería, toda la inmensa tristeza que hay en la tierra andaluza; tristeza del suelo fatigado de las llamas solares, tristeza de las melancólicas hembras de grandes ojos, tristeza especial de los mismos cantos, pues no se puede escuchar uno que no diga muerte, cuchillada, luto, virgen penosa o nota crepuscular. A la orilla del mar he oído cantar a un mozo pescador, que descansaba junto a una barca; y su canción era tan triste, tan amarga, como las coplas de Juan Breva. Cantan lo mismo las muchachas frescas, rosadas de vida, que ponen claveles en las ventanas y que tienen un novio. Porque así son aquí la vida y el amor; todo lo contrario de lo que piensan los que sólo han visto una Andalucía a la francesa, de exposición universal o de caja de pasas. En verdad os digo que este es el reino del desconsuelo y de la muerte. El amor popular es inquieto y fatal. La mujer ama con ardor y con miedo. Sabe que si engaña al novio, le partirá éste el pecho y el vientre de un navajazo. «Una puñalaíta». Hace algún tiempo, en un florido patio malagueño, se celebraba una fiesta, y cierta gallarda moza se puso a cantar. Cantaba maravillosamente. De pronto cantó una copla que dice en dos de sus versos:

¿No hay quien me pegue un tirito

en medio del corazón?

Un loco, o un enamorado novio, estaba allí, y sacó una pistola, y le pegó el tiro, en medio del corazón. Estos salvajes amorosos son así. Antaño no habría sido pistola, sino gumía. Todos los poetas de estas regiones son dolorosos y excesivos, fatalistas, o violentos. Todos son amados del sol. Todos no: he aquí uno amado de la luna...

En uno de estos crepúsculos de invierno, en que el Mediterráneo ensaya un aspecto gris que borrará la aurora del siguiente día, he comenzado a leer el libro de un poeta nuevo de tierra andaluza, el cual acaba de aparecer y es ya el más sutil y exquisito de todos los portaliras españoles. Al hojear su libro Arias tristes, lo juzgaríais de un poeta extranjero. Fijaos más; es un poeta completamente de su tierra, como su nombre. Se llama Juan, como el Arcipreste, y Jiménez, como el Cardenal. Surge en momentos en que a su país comienzan a llegar ráfagas de afuera, sobre más de una parte derrumbada de la antigua muralla chinesca que construyó la intransigencia y macizó el exagerado y falso orgullo nacional. Quiero decir que llega a tiempo para el triunfo de su esfuerzo. Como todo joven poeta de fines del siglo xix y comienzos del xx, ha puesto el oído atento a la siringa francesa de Verlaine. Mas, lejos del desdoro de la imitación y ajeno a la indigencia del calco, ha aprendido a ser él mismo—être soi mème—y dice su alma en versos sencillos como lirios y musicales como aguas de fuente. Este poeta está enfermo, vive en un sanatorio, allá en Madrid. Así, en su poesía no busquéis salud gozosa ni rosas de risa. Cuando más, a veces, una sonrisa, una sonrisa de convaleciente:

Convalescente di squisitti mali...

pero en la cual se insinúa uno de los más grandes misterios de la vida. Cuando Camille Mauclair, el crítico meditativo del «Arte en silencio», se complacía en escribir versos, colocó un volumen de verbales sonatinas de otoño bajo la invocación de Schumann; Jiménez tiene como patrono de su libro musical y melancólico al melodioso Schubert. Antes de cada división de sus poemas, aparecen, a la manera de introducción, las notas de «El elogio de las lágrimas», de la «Serenata», de «Tú eres la paz». Se penetra así, a la influencia de la música, a uno como parque de dulzura y de pena en donde, al amor de la luna, un alma dice, como el ruiseñor, sus arias crepusculares o nocturnas. Nunca como ahora se ha cumplido el precepto de Pauvre Lelian: De la musique avant toute chose... Ya antes dijo el celeste Shakespeare:

The man that hath no music in himself,

Nor is not mov'd with concord of sweet sounds,

Is fit for treasons, stratagems, and spoils;

The motions of his spirit are dull as night.

And his affections dark as Erebus...

Conozco de esos seres. Y veo, en cambio, a través de esta poesía de sinceridad y de reserva, a un tiempo mismo, la transparencia de un espíritu fino como un diamante y deliciosamente sensitivo. He aquí un lírico de la familia de Heine, de la familia de Verlaine, y que permanece, no solamente español, sino andaluz, andaluz de la triste Andalucía. Es de los que cantan la verdad de su existencia y claman el secreto de su ilusión, adornando su poesía con flores de su jardín interior, lejos de la especulación «literaria» y del mundo del arribismo intelectual. Su cultura le universaliza, su vocabulario es el de la aristocracia artística de todas partes, pero la expresión y el fondo son suyos como el perfume de su tierra y el ritmo de su sangre. Desde Becquer no se ha escuchado en este ambiente de la península un son de arpa, un eco de mandolina, más personal, más individual. Pudiendo ser obscuro y complicado, es cristalino y casi ingenuo. Se diría que tiene timideces de orfandad, como el Maestro—¡priez pour le pauvre Gaspard!—si no se viesen brillar a la luz de la luna las espuelas de oro de sus pies de príncipe, que estimulan los bríos de un pegaso joven y ardiente cuyas crines están húmedas de rocío matinal. El poeta dice, como la Ifigenia de Moreas: «Es dulce el sol», pero sus ansias y sus visiones están alumbradas por el clair-de-lune. Y hay allí en esos versos admirables y exquisitos, las mismas visiones y las mismas ansias que en las coplas populares que cantan las mozas enamoradas, y los sonoros, duros y aullantes cantaores. Allí está la irremediable obsesión de la muerte, de la podredumbre sepulcral, de los corazones partidos, de la tristeza matadora. Sólo que el artista tiene una cultura europea, y si no fuese su «acento» mental, no se le conocería el origen ni la patria, y sus arias podrían ser lieder germánicos o sonatinas parisienses que acompañaría la música de Debussy. Hay un olor a violetas. Hay paisajes entrevistos como por una ventana, cielos y campos de viñeta. Hay una gran castidad poeana, a pesar de los gritos de la vida; hay valles que tienen un ensueño y un corazón:

El valle tiene un ensueño

y un corazón; sueña y sabe

dar con su sueño un son triste

de flautas y de cantares,

hay flautas pánicas, dulces flautas campesinas.

¡Deliciosos romances!

Río encantado, las ramas

soñolientas de los sauces,

en los remansos dormidos

besan los claros cristales.

Y el cielo es plácido y dulce,

un cielo bajo y flotante,

que con su bruma de plata

va acariciando los árboles.

Ese romance suena a la música del divino Góngora; y para nosotros, los americanos, a la música de un rimador de encantos y de tristezas, de un adorable orfeo cubano, ha tiempo desaparecido. Esas notas las hemos oído en las cuerdas que acariciaba la mano de Zenea. Escuchad a Jiménez:

Llora el ángelus de otoño

la campana de la iglesia,

un ángelus mustio, muerto

entre la lluvia y la niebla.

Recordad a Zenea:

Baja Arturo al occidente

Bañado en púrpura regia

Y al soplar el manso alisio

Las eolias arpas suenan.

En todo el libro de Jiménez hay una, diríase, sonrisa psíquica, llena de la suavidad melancólica que da el anhelo de lo imposible, antigua enfermedad de soñador. Los que hablan de un arte enfermo, juzgo que se equivocan. No hay arte enfermo, hay artistas enfermos; y en las almas es como en la naturaleza. Hay maneras de expresión que da el obscuro destino. Los antiguos no andaban errados cuando hablaban de la influencia de los astros. Hay maneras de expresión que da el obscuro destino, y no exijáis a una pálida flor de lis que tenga los colores violentos de una rosa roja, ni modestia a la cola del pavo real, ni un solo de ruiseñor al papagayo. El poeta nace, sí; todas las cosas naturales nacen; lo que no nace es lo artificial. Así, no penséis en que Francis Jammes o Juan R. Jiménez harían mejor en pensar en el porvenir político de sus respectivas naciones, que en decir los sentimientos que brotan al calor apacible de sus dulces musas. No seas alegre, poeta, que naciste absolutamente amado de la tristeza, por tu tierra, por la morena y amadora y triste Andalucía; y porque tu sino te ha puesto al nacer un rayo lunático y visionario dentro del cerebro.

Hay en este libro vagas reminiscencias literarias; por ahí pasa, un momento, un enlutado misterioso semejante al de la estrofa mussetiana, el enlutado «qui me ressemble comme un frère»; suena uno que otro acorde de fiesta galante—íntima, sin decoración ni preciosismo—y se alzan, bajo la claridad lunar, los chorros de agua de Lelian, «sveltes parmi les marbres». Y Febe, aquí; allá, más allá, siempre:

Las noches de luna tienen

una lumbre de azucena,

que inunda de paz el alma

y de ensueño la tristeza.

Yo no sé qué hay en la luna

que tanto calma y consuela,

que da unos besos tan dulces

a las almas que la besan.

Si hubiera siempre una luna,

una luna blanca y buena,

triste lágrima del cielo

temblando sobre la tierra,

los corazones que saben

por qué las flores se secan,

mirando siempre a la luna

se morirían de pena.

Mi jardín tiene una fuente

y la fuente una quimera,

y la quimera un amante

que se muere de tristeza...

Hay de cuando en cuando, entre los sedosos romances, estrofas que hacen vibrar sus consonantes de armónica, sus acordes de ocarina. Lo preciso se junta a lo indeciso. Y el amor del astro en todos los siglos misterioso lo melancoliza todo. El poeta explicará su atracción: «Libro monótono, lleno de luna y de tristeza. Si no existiera la luna, no sé qué sería de los soñadores, pues de tal modo entra el rayo de luna en el alma triste, que, aunque la apena más, la inunda de consuelo: un consuelo lleno de lágrimas, como la luna. Los que os hayáis estremecido bajo las estrellas, oyendo venir en la brisa la sonata de un piano, sintiendo qué pobre es la vida entre la noche y ante la muerte, dejad caer la mirada sobre estas rimas iguales, de un mismo color, sin otros matices que los que en la noche surgen confusamente de los macizos del jardín, allá donde están las flores casi ahogadas en la negrura. Y soñad conmigo con las visiones blancas de siempre y con los poetas muertos: Enrique Heine, Gustavo Becquer, Pablo Verlaine, Alfredo de Musset; y lloremos juntos por nosotros y por todos los que nunca lloran.» Mirad con simpatía esa juventud que, en estos impudentes tiempos, tiene el franco valor de las lágrimas: Lacrimabiliter. Juzgad que ha elegido bien el patronato de Schuber. «Llave de plata de la fuente de las lágrimas», dice Shelley de la música. El poeta nuevo toca esa llave y hace caer el agua de la fuente una vez más. Así, Andalucía, entre todos tus tocadores de guitarra y de pandereta, entre todos los que hacen literatura alegre con tu color y tu exuberancia, te ha nacido un sonador de viola, de arpa, que sabe cantar, noble y deliciosamente, a la sordina, la recóndita nostalgia, la melancolía que llevas en el fondo de tu pecho. En tu copioso y fuertemente perfumado jardín lleno de claveles, ha abierto sus pétalos armoniosos una rosa de plata pálida espolvoreada de azul. Y yo tengo fe en la vida y en el porvenir. Quizá pronto, la nueva aurora pondrá un poco de su color de rosa en esa flor de poesía nostálgica. Y al ruiseñor que canta por la noche al hechizo de la luna, sucederá una alondra matutina que se embriague de sol.

GRANADA

He venido, por un instante, a visitar el viejo paraíso moro. He venido por un ferrocarril osado, bizarría de ingenieros, hecho entre las entrañas de montes de piedra dura. He visto inmensas rocas tajadas; he pasado sobre puentes entre la boca de un túnel y la de otro; abajo, en el abismo, corre el agua sonora. Así el progreso moderno conduce al antiguo ensueño. Y cuando he admirado la ciudad de Boabdil, he tenido muy amables imaginaciones. He pensado en visiones miliunanochescas. He recordado el título del lírico libro del provenzal Aubanel: La granada entreabierta. Y he ideado las impresiones de la pequeña alma de una coccinela pequeñita que se pasease por una granada entreabierta... Va por la corteza rugosa que acaba en una corona, que ha sido flor roja como una brasa. Va, la pequeñita coccinela, por las durezas lisas o ásperas de la cáscara, hasta llegar al borde, desde donde se divisa el interior palacio de pedrería... Y los rayos solares ponen el encanto de los juegos de la luz en el corazón de la granada entreabierta; y la coccinela penetra entre las riquezas que se presentan a sus ojos, y se maravilla de ese esplendor, y luego sabe que el corazón de la granada es dulce como la miel. Como la almita de esa bestezuela de Dios mi alma. He mirado la corteza rugosa de la antigua capital mahometana, en un tiempo muy poco propicio, entre calles lodosas y bajo un cielo nublado; mas luego he ido hacia la parte entreabierta que deja ver el corazón de su historia y su propio corazón. Y he visto la pedrería fantástica de un arte exótico, amoroso y sensual. Y después, el sol ha brillado; y así, la encantadora ciudad se me ha mostrado primero brumosa y luego luminosa. Y sé que el corazón de la granada entreabierta es dulce como la miel.

Razón tuvo el rey que lloró como una mujer... Es este uno de los países en que uno crearía, para una primavera sin fin, un jardín de ilusiones. Un «carmen». Carmen, verso... Jóvenes enamorados, parejas dichosas de todos los puntos de la tierra, si sois ricos, venid a repetiros que os amáis, en el tiempo de la primavera, a un carmen granadino; y si sois pobres, venid en alas de vuestro deseo, en el carro de una ilusión, en compañía de un poeta favorito... Verso, carmen.

He tenido, por llegar en este frío Febrero, un singular gozo; estar solo en la Alhambra y en el Generalife. En otra estación, la afluencia de viajeros abruma y perturba, como en todos los lugares adonde puede guiar el rojo Baedeker. Pues es esta una de las ciudades más frecuentadas por los rebaños de la agencia Cook. Además, el guía, discreto, no ha pretendido instruirme evocando la sombra del erudito Riaño. Los rebaños de la agencia Cook, que van a dar de comer a las palomas de Venecia, a oír el eco del baptisterio de Pisa, y a reflexionar sobre la inclinación de la torre; los que andan en busca de la especialidad señalada en las guías, o narrada por los commis-voyageurs, ya se sabe lo que vienen a ver a Granada: los mosaicos y azulejos, que antaño destrozaba el turismo; la Alhambra anecdótica: «¡ah, cómo gozaban aquellos moros!»; Chorro e Jumo, el rey de los gitanos y los tangos de las gitanillas, en las cuevas, en donde se compran cestillas de mimbre y candiles de cobre. En otra ocasión y en otra parte, me he complacido en bailes de gitanas que bailaban maravillosamente, y he contado cómo el pintor Carolus Durán dejó caer en el corpiño de una pequeña Esmeralda un luis de oro. En cuanto al lamentable rey fâlof, vestido como los contrabandistas de la era romántica, con una indumentaria de comparsa de ópera cómica, «¡palojinglese!» le he mirado al pasar, a la entrada del palacio. Ya está muy viejo el pobre modelo de Fortuny, y vive apenas de las propinas anglo-sajonas.

No me perdonaríais que a estas horas os resultase con el descubrimiento de Granada. Todos, más o menos, acariciáis el recuerdo de vuestro «último abencerraje», y si no, el yanqui Washington Irving os habrá, de seguro, conducido por estas encantadoras regiones. Pero no es posible poner el pie en este suelo atrayente, contemplar la decoración histórica de estos recintos de leyenda, sin hacer un poquito el Chateaubriand. ¿Quién no se siente en un caso igual poseído de ese tartarinismo sentimental, que sin que notemos a la inmediata su influencia, nos solidariza un tanto con los tipos de nuestras lecturas, con los personajes que nos han hecho pensar y soñar un poco, por la poesía de su vida, que nos liberta por instantes de la prosa de nuestra existencia práctica cuotidiana? Así, pues, no he de negaros que he evocado a la bella Lindaraja cerca de su mirador, que he lamentado una vez más la atroz expulsión de los moros, de aquellos moros cultos, sabios, poetas, con industrias hermosas y pueblo sin miserias. Desde la Alhambra se mira el soberbio paisaje que presenta Granada y su vega Deliciosa. A la derecha, la antigua capital, el barrio actual del Albaicín, con sus tejados viejos, sus construcciones moriscas, su amontonamiento oriental de viviendas; al frente, la ciudad nueva, en que la universalidad edilicia sigue el patrón de todas partes; a la izquierda, la verde vega, con sus cultivos y sus inmensos paños de billar; más acá, cerca de la mansión de encajes de piedra, los cármenes, estas frescas y pintorescas villas, donde los granadinos cultivan en los ardientes veranos sus heredadas gratas perezas, sus complacencias amorosas y sus tranquilas indolencias. En el fondo, la sirena coronada de blancura. En verdad se sienten saudades del pasado. Se comprende el entusiasmo de los artistas que han llegado aquí a recibir una nueva revelación de la belleza de la vida. Se piensa en los novelescos guerreros y amadores que vinieron del África cercana a anticiparse en este país espléndido un poco del cielo mahometano. Nadie ha vivido la poesía como esa misteriosa y pensativa raza de hombres tristes de amor y de fatalidad. Su arte labra esas mansiones de recelo y capricho con talento de abejas. La decoración viene de la naturaleza misma, de las líneas de florales, de las geometrías de la clara del huevo batido o de los cristales de la nieve. Su arco diríase imitado de las herraduras de sus caballos; sus columnas de los datileros, o de los tallos de las azucenas. Y hay algo de inaudito y de fantástico en todo esto, de manera tal, que vienen al pensamiento esas moradas ilusorias en que habitan los inmortales príncipes de los cuentos que cuenta la prodigiosa Scherezada. Y tan no puede separarse la poesía de estas mágicas arquitecturas, que sus decoradores y ornamentistas aprovechaban sus magníficas caligrafías para adornos, adornos que al mismo tiempo que los ojos con sus combinaciones y bizarrías de caracteres, halagan la mente con el sentido de las suras o la significación de los versos. Y ¿ese encanto del agua, transparencia, frescor, armonía, en los patios de mármol, para creyentes en cuya religión son obligatorias las abluciones, y ardientes polígamos en cuyo paraíso el primer premio es la limpia, perfumada, adolescente y siempre virgen belleza femenina?

El agua por todas partes, en las copiosas albercas, en los estanques que reproducen las bizarrías arquitecturales, en las anchas tazas como la que sostienen los leones del famoso patio, o simplemente brotando de los surtidores colocados entre las lisas losas de mármol. Comprendían aquellos príncipes imaginativos que hablaban en tropos pomposos, que la vida tiene hechizos que hay que aprovechar antes de que sobrevenga la fatal desaparición. Fijaos en el significado de las inscripciones decorativas que a cada paso encontraréis: «Yo soy una esposa con las vestiduras nupciales, dotada de hermosura y perfecciones. Contempla el esplendor que me rodea y comprenderás la gran verdad de mis palabras. Mira también mi corona, la encontrarás semejante a la luna nueva. Ibn Nazar es el sol de este orbe del esplendor y la belleza. Permanezca en su elevado puesto sin miedo a la hora del ocaso. Mientras yo, llena de gloria por misericordia suya, publico siempre sus felicidades. Contempla este esplendor. Aquí se establece para administrar justicia a sus siervos. Siempre que de aquí se aleja, sus vasallos se entristecen de no encontrarlo. Pues por mi Señor Ibn Nazar colma Dios de beneficios a los que le sirven. Habiéndole hecho descendiente del Señor de la tribu de Jaxred Saad, hijo de Obada». ¡Gloriosos nazaritas y feliz Abul Walid Ismael! Y allí en dos nichos de la sala de Comares: «¡Alabanza a Dios! Yo deslumbro a los seres dotados de hermosura con mis adornos y mi diadema, pues los luceros descendieron a mí desde sus elevadas mansiones. Aparece el vaso de agua que hay en mí como un fiel que en la quibla del templo permanece absorto en Dios. A pesar del transcurso del tiempo, continuarán mis generosas acciones dando alivio al que tiene sed, y albergue al indigente. Pues por mí pasan las numerosas liberalidades de mi Señor Abul Hachach. Nunca dejan de brillar en mí sus resplandores, pues su luz resplandece aun en las tinieblas de la noche. Tallaron sutilmente los dedos de mi artífice mis labores, después de haber ordenado las piedras de mi corona. Me asemejo al solio de una esposa, pero soy superior a él, pues contengo la felicidad de los desposados. Aquel que venga a mí sediento, le conduciré a un lugar donde encuentre agua limpia, fresca, dulce y sin mezcla. Pues yo soy a manera del arco iris cuando aparece, y el sol nuestro Señor Abul Hachach. No dejen de vivir sus bondades tanto tiempo cuanto la casa del Excelso continúe concediendo los favores de la peregrinación». Por todos lugares encontraréis las alabanzas al dichoso dueño y morador, y, sobre todo, a Alah. Nada que contenga mayor filosofía que la divisa de los Alhamares: «Sólo Dios es vencedor». Para disfrutar tranquilamente de la magnificencia y suavidad de estos parajes y recintos, ninguna ayuda mejor que la tradición, eso que no está en los libros ni certifican los documentos. Así, al llegar a la pila en donde algo que se asemeja a una gran mancha sangrienta llama la atención del visitante, no escuchéis a los que os dicen que Ginés Pérez de Hita inventa, y creed firmemente en que esa oscura tacha de mármol es debida a las rojas degollaciones de que se habla en las leyendas de zegríes y abencerrajes. Y cuando estéis en el patio de Lindaraja, no pongáis atención a los arabizantes que os pretendan explicar la etimología del nombre y negar la existencia de la linda figura; antes bien: imagináosla muy rosada, muy blanca, muy ardiente para el amor, y con unos ojos almendrados, de negros mirares, como corresponde a una verdadera sultana de cuento. Los traductores como Lafuente Alcántara pueden serviros para saber que en la taza de la fuente, en ese patio, dejó un poeta estos pensamientos: «Yo soy un orbe de agua que se ostenta a las criaturas diáfano y transparente; un gran océano, cuyas riberas son obras selectas de mármol escogido, y cuyas aguas, en forma de perlas, corren sobre un inmenso hielo primorosamente labrado. Me llega a inundar el agua; pero yo, de tiempo en tiempo, voy desprendiéndome del transparente velo con que me cubre. Entonces yo y aquella parte de agua que se desprende desde los bordes de la fuente, aparecemos como un trozo de hielo, del cual parte se liquida y parte no se liquida. Pero cuando mana con mucha abundancia, sólo somos comparables a un cielo tachonado de estrellas. Yo también soy una concha, y la reunión de las perlas son las gotas. Semejantes a las joyas que la diestra mano de un artífice colocó en la corona de mi Señor Ibn Nazar, del que con solicitud prodigó para mí los tesoros de su erario. Viva con doble felicidad que hasta el día el solícito varón de la estirpe de Galeb, de los hijos de la prosperidad, de los venturosos, estrellas resplandecientes de la bondad, mansión deliciosa de la nobleza. De los hijos de la kabila de los Jazrech, de aquellos que clamaron la verdad y ampararon al profeta, él ha sido nuevo Saad, que con sus amonestaciones ha disipado y convertido en luz todas las tinieblas. Y constituyendo a las comarcas en una paz estable, ha hecho prosperar a sus vasallos. Puso la elevación del trono en garantía de seguridad a la religión y a los creyentes. Y a mí me ha concedido el más alto grado de belleza, causando mi forma admiración a los eruditos; pues ni jamás se ha visto cosa mayor que yo en Oriente ni en Occidente, ni en ningún tiempo alcanzó cosa semejante a mí rey alguno ni en el extranjero ni en Arabia». Salones, torres, ajimeces, bordadas piedras, aéreos calados, baños, jardines, miradores... Aquí encuentro que había Justicia; más allá que había Salud; más allá que había Belleza; más allá que había Placer. Eran sabios aquellos hombres de turbante; eran buenos, eran fuertes y eran artistas.

Si la Alhambra es más grande, más suntuosa, más imponente, el Generalife es más cordial, más íntimo, más amable. «Delicioso para el amor», escribió en el álbum de la dulce mansión una mujer llamada D.ª Cristina Santoyo. D.ª Cristina sintetizó así todo lo que pueden hilar los literatos y rimar los poetas sobre este rincón hechicero. Yo no sé si la marquesa de Campotejar, dueña actual de esa maravilla, es joven; pero si no lo es, tiene que haberlo sido y que haber amado en este nido de ensueño; y, por lo tanto, haber tenido por escenario de su amor el que le envidiarían todos los reyes de la tierra. Cuán explicables son los entusiásticos arranques del viejo Dumas, en las cartas en que se manifiesta poeta y amoroso: «Lo que hay de maravilloso en el Generalife, señora, no son por cierto sus salas, sus baños, sus corredores, pues que esto lo encontraremos en la Alhambra mejor y más bien conservado; lo que es allí bello, maravilloso, son sus jardines, sus aguas, su vista. Permaneced, pues, en medio de esos jardines lo que os sea posible, señora;

embriagaos con los perfumes que no encontraréis iguales, porque en parte ninguna se hallarán reunidos en un más pequeño espacio tantos naranjos, tantos jazmines, tantas rosas; impregnaos con la muelle frescura que despide el agua, porque tampoco en parte alguna veréis brotar tantas fuentes, despeñarse tantas cascadas, rodar tantos torrentes; y, en fin, mirad por cada abertura, que cada abertura es una ventana abierta sobre el paraíso. Y lo que más os seducirá, señora, es ese sabor de Arabia que ha quedado flotando en el aire». Yo he gustado ese sabor de Arabia desde que penetré por entre la doble fila de cipreses y entré por la baja y ancha puerta del Generalife. Buenos genios me amparaban en mi paseo solitario. Por guía tuve a la hija del jardinero, una preciosa niña de trece a catorce años, rubia y seria, que me enseñó el secular ciprés, bajo el cual se sentaba la sultana Zoraida, y el estanque, y los mirtos, y los rosales, y las salas en que en los viejos lienzos se representan los antiguos señores, y el gran árbol genealógico, y las galerías silenciosas en donde dan ganas de suspirar y de besar. ¿Para qué hablaros de lo demás? ¿Para qué deciros vulgares noticias de las guías, datos y fechas que os resultarían ridículos? ¿Para qué hablaros de la Granada actual, de la ciudad que hace política y en donde se pregonan las últimas noticias del conflicto ruso-japonés? He dejado Granada con pena, por su corazón de mármol labrado, por su viejo corazón, por sus divinas vejeces, que hace más adorables una naturaleza singular. Es uno de los pocos lugares de la tierra en que uno querría permanecer, si no fuese que el espíritu tiende adelante, siempre más adelante, si es posible fuera del mundo, «anywhere out of the world!» Y al dejarlo, han venido a mi memoria las estrofas de una romanza que en mi niñez oía cantar:

Aben Amet, al partir de Granada,

su corazón desgarrado sintió,

y allá en la vega, al perderla de vista,

con débil voz su lamento expresó...

SEVILLA

Aunque es invierno, he hallado rosas en Sevilla. El cielo ha estado puro y francamente hospitalario pasadas las primeras horas de la mañana. La Giralda se ha destacado en espléndido campo de azur. Luego, las mujeres sevillanas, entrevistas por las rejas que hay a la entrada de los patios marmóreos y floridos, dan razón a la fama. He visto, pues, maravilla.

No sin razón es esta la ciudad de don Juan y la ciudad de don Pedro. Siempre la poesía, la leyenda, la tradición, os saldrán al encuentro. Estrella, el

Burlador, el Monarca cruel, el Barbero... Por eso el grande y armonioso José Zorrilla se recomendaba aquí evocando el nombre de su Tenorio y de su Rey justiciero. El turismo viene, por moda, a la Semana Santa. Es decir, a pagar cuentas enormes de hospedaje, a dormir sobre una mesa de billar en veces, y a ver pasar las procesiones, entre católicos irreligiosos, santos macabros, cristos lívidos y sangrientos con cabelleras humanas. Al mismo tiempo, el viajero escuchará los gritos extraordinarios de las saetas y las carceleras. En el día aprovechará la buena ocasión para ir a ver a las cigarreras en la fábrica, con sus deshabillés sugerentes; si ha leído La femme et le pantin, de Pierre Louys, tanto mejor; y volverá a su país diciendo que ha conocido el encanto sevillano. No, ciertamente, indiscutiblemente, el encanto sevillano está en otra parte. La Semana Santa y la feria son notas singulares, y las cigarreras ayudan al color local que se ha conocido en las lecturas; pero el alma de Sevilla no tiene gran cosa que ver con todo ese pintoresco reglamentario. Ni con eso, ni con el industrialismo y la vida comercial que puebla de barcos las riberas del Guadalquivir; ni aun con el batallón trashumante de toreros calipigios que se entretiene en la estrecha y retorcida calle de las Sierpes. El encanto íntimo de Sevilla está en lo que nos comunica su pasado. Su alma habla en la soledad silenciosa; así el alma triste de toda la vieja España. Dicen sus secretos las antiguas callejuelas en las horas nocturnas. Y nada es comparable a la melancolía grave de sus jardines, esos jardines que ha interpretado pictórica y magistralmente en melodías del color el talento excepcional y hondo de Santiago Rusiñol—ese «ruiseñor» de la fuerte Cataluña.

¡Sevilla! Las injusticias de la fama no tienen gran fundamento: abominad la célebre calle de las Sierpes en donde existió un célebre café flamenco que se llamaba el Burrero...; abominad la manzanilla misma, que es un brevaje aceitoso y poco amable; abominad, aunque os gusten los toros, a los toreros fuera del coso. Pero adorad, extasiáos, para vuestro reino interior, en los jardines del Alcázar sevillano—, como en Aranjuez, como en la mágica Granada. De todo lo que han contemplado mis ojos, una de las cosas que más han impresionado a mi espíritu son esos deleitosos y frescos retiros. Ni las vetustas murallas carcomidas de siglos, que aún atestiguan el viejo poderío de los conquistadores romanos, ni los restos visigodos, ni la esbelta Giralda mauritana, cuyo nombre alegra como una banderola, ni la Torre del Oro a la orilla del río, ni las magnificencias del Alcázar, que renuevan en mi memoria las sensaciones experimentadas en la Alhambra granadina, nada me ha hecho meditar y soñar como estos jardines que vieron tantas históricas grandezas, tantos misterios y tantas voluptuosidades. La culpa la tiene en gran parte ese don Pedro que tenía tanto de don Juan...

Cuando uno entra, a un lado de las galerías que llevan el nombre de aquel raro monarca que comprendía la belleza morisca, que tuvo mucho de oriental, mucho del Arum-al-Raschid de «Las mil y una noches», lo primero que conmueve es el más blando de los silencios, apenas turbado por el fino hilo líquido que cae de un surtidor en el ancho estanque de verdes aguas. El suave viento mueve el ramaje de dos grandes magnolias vecinas. Y entre rosales y arrayanes, se descienden dos graderías y se va a ver lo que se llama los baños de doña María de Padilla. Hay una grande y larga piscina, bajo bajas bóvedas góticas. Nada más. Pero, ¿qué importa? Pintores ha habido que han intentado resucitar el sensual capítulo de la bella novela de vida. Quedáos al amor de vuestras ideas. ¿No oís cantar los pájaros de la primavera? ¿No veis al monarca que se acerca entre las flores nuevas y lujuriantes? ¿No oís el ruido del agua transparente en donde el cuerpo sonrosado de la real querida forma a su rededor círculos de diamante? Ella ríe, el duro rey sonríe. Cerca hay palomas blancas y de plumajes que la luz tornasola; y un pavón de Oriente, vestido de orgullo, ostenta sus gemas, como un visir de fiesta. Ahí tenéis el encanto sevillano.

Más allá iréis al jardín de la gruta, y allí los arrayanes forman un famoso y pueril laberinto; y en un rústico templete, bajo extraña bóveda, una blanca estatua de dos mujeres unidas por la espalda, arroja de sus cuatro pechos cuatro chorros de agua. Neptuno decorativo os saluda en el llamado jardín Grande, y en el del León hay señaladas huellas leoninas: hic sunt leones. Es en efecto aquí donde se conserva el cenador del césar Carlos V. Allí, entre los mármoles y los policromos azulejos y las maderas admirablemente talladas, las águilas imperiales guardan el orgullo de sus actitudes y recuerdan la presencia desvanecida de la soberbia y soberana persona.

Cuando salís, lleváis una sensación imborrable.

Como decía antes, por las calles os llamará siempre, con su callada voz, la tradición. En vano, en las vías estrechas, os hará pegaros a la pared el tranvía eléctrico. En vano los vendedores de antigüedades os querrán atraer con sus letreros en inglés. Por muy poco meditativos o poetas que seáis, tendréis que pensar en uno de los dos hombres-sombras zorrillescos, don Pedro o don Juan.

Allá en la iglesia del hospital de la Caridad, me he inclinado ante nombres ilustres, de mosaistas, pintores y tallistas; bastará el solo de Murillo multiplicado en obras excelentes, como un Dios Niño que se apoya en el mundo, todo gracia, y un Moisés en que Bartolomé Esteban demuestra que celeste suavidad y pincel dulce no le impiden el dar cuando le venía en voluntad una nota de fuerza. Y luego el realista y macabro Valdés Leal, cantado en las labradas rimas de Gautier, que renueva en más de un cuadro el triunfo de la muerte, y las visiones cadavéricas de los frescos del camposanto pisano.

Cuenta un cronista que al ver pintada tan a lo muerto la descomposición en el ataúd, dijo Murillo a su amigo el artista: «Compadre, esto es menester mirarlo con la mano en las narices». Mas, pasad a la sacristía. No os detengáis en la visión de San Cayetano, de Céspedes, ni en el San Miguel, de Roela.

Ved ese retrato del tiempo viejo, ved ese caballero firmado por Valdés Leal y ved esa espada antigua, que en estos tiempos de ruines prosas no hay mano digna de tocar. Ese caballero orgulloso, cuya estatua se ha inaugurado recientemente, es un révenant, es un habitante del ensueño, es un vecino de la ciudad de la eterna ilusión, es un héroe de la poesía, un fantasma de capa y espada. Ese hombre es el asesino del amor y el campeón de la voluptuosidad. Es el Sr. D. Miguel de Mañara, celebrado en la inmortalidad del arte bajo el nombre de Don Juan. Y esa es su espada. Está en una sacristía, porque ya sabéis que el diablo cuando se hizo viejo se metió fraile.

En la catedral mucho hay que admirar y las guías lo detallan; pero allí también, como en todos lugares, es el pasado el que os detiene con su historia o con su página legendaria. Así, de ese púlpito que encontráis en un patio, en donde predicaron varones ilustres como el vigoroso Vicente Ferrer, pasáis a las maravillas de las naves, en donde gloriosas paletas dejaron telas de valor y de renombre. Y la anécdota tradicional os espera asimismo por toda capilla y rincón, desde el colosal San Cristóbal, junto al altar de la Gamba, hasta el pequeño Niño Jesús, al cual llaman el mudo, obra de Montáñez. Y aquí llega la nota curiosa.

Encontráis gentes de añeja devoción, a quienes dirigís la palabra, y que, por más que les habléis, no os dan contestación alguna. Esos son fanáticos que han hecho al niño rubio del altar la promesa del silencio por un tiempo determinado. En una de las capillas—y aquí la anécdota es moderna—está el famoso San Antonio, de Murillo, cuadro que fue mutilado por un visitante norteamericano, que creyó oportuno aislar el santo del resto de la composición para provecho propio. Sabido es que el cónsul español en Boston tuvo denuncia del paradero del fragmento pictórico y logró rescatarlo. Hoy, gracias al arte y habilidad de un pintor eminente, el cuadro aparece restaurado, y no se notan las señales de la amputación del robador yanqui.

No os detendré ante las muchas obras artísticas y renombradas que aquí se guardan, pues son tantas y tales que hay libros de eruditos, como Cean Bermúdes, que están dedicados a ellos. Pero no dejaré de deciros que veáis cierto fúnebre monumento que está cerca del Cristóforo de Pérez de Alesio, el cual monumento es obra moderna y muy celebrada, compuesta de cuatro figuras que soportan una urna, y que seguramente os es familiar por las ilustraciones. En esa urna—¡descubríos!—están las cenizas, las discutidas cenizas de Cristóbal Colón, que antes estuvieron depositadas en la catedral de la Habana. Creo que el más impasible e indiferente de los americanos, no dejará de sentir así sea una vaga emoción delante de ese puñado de huesos. Hasta después podrá llegar la eterna Eironeia, y haceros comprender que no es muy grande el favor que nos hizo.

La tarde estaba alegre y dorada cuando pasé el Puente de Triana para ir al barrio de ese nombre tan cantado en las coplas. ¿Diré que tuve más de una ilusión deshecha? Fuera de una que otra ventana llena de los tiestos usuales en toda Andalucía, y una que otra cara de cromo o de caja de cerillas, no pude satisfacer mi curiosidad de belleza sevillana. Vi mucho mozo de chaqueta y pantalón ajustado, haraganeando en las esquinas, no lejos de los muelles en que el sevillano trabajador suda en los afanes del tráfago moderno. Vi portales sin aseo y tiendas de salazones, y una diligencia a la antigua, que al lado del eléctrico tranvía iba cargada de gentes y maletas a alguna parte. Vi la Torre del Oro bañada del oro de la tarde, y el río de un color sucio amarillento; y a lo lejos las alturas que empezaba a borrar, a esfumar el crepúsculo. Y si no volví contento de Triana, puesto que quizás yo iba con la idea de un Triana fantástico, o imposible o demasiado a la francesa, tuve un desquite con la salida de una bella niña y una vieja dueña de una vieja iglesia. Doña Inés del alma mía y su inseparable guardadora.

CORDOBA

Una modesta estación; un ómnibus que va mal que bien por la calle, sobre baches y fango.

Mal tiempo. He ahí mi primera impresión en la ilustre y secular Córdoba. En cambio, los verdes naranjos, en los cercanos jardines, y flores a pesar del tiempo, me resarcieron del inicial desencanto. El hotel en que me hospedo da a la vía principal de la población, la alameda llamada del Gran Capitán, en memoria de aquel magnífico guerrero D. Gonzalo, cuya casa natal estuvo por este punto. Cuando la lluvia ha cesado y puedo salir, veo grupos de gentes estacionados en la alameda, el eterno grupo de ciudad española, que conversa y «mata» las horas.

Fuera de este paseo, de que están orgullosos los habitantes, las otras calles son marcadamente típicas, descendiendo de la parte alta de la ciudad a la baja, o Ajerquia. No he podido menos que tener presente en mi memoria a la amable Córdoba argentina, a cada paso que he dado en la antigua Córdoba andaluza. No es que tengan nada de semejante, fuera del espíritu de la raza llevado por los hombres de la colonia, sino que el nombre imponía el recuerdo, y el haber sido centro de estudio y de saber en tiempos remotos esta ciudad abuela, como esa en no tan lejanos, continuando su tradición en los presentes. No son pocos los pergaminos de nobleza de la patria de Séneca y de Lucano, a la cual un latinista moderno hace declarar sus grandezas en clásicos exámetros:

Illa ego sum quodam latialis gloria Roma

cum dedit illa mihi quæ sibi jura dabat.

Inter romanas sum prima colonia facta

sola que patricio nomine clara fui.

Deliciis fruor ipsa meis Montisque Marian

ad cujus gremium dotibus aucta cubo...

Piscosus me Bœtis amat, me argentea cingit

unda cabalino fonte sacrata magis, etc., etc.

Y vaya esa transcripción de sabios metros en gracia a las dos Córdobas gloriosas, pues la de ese lado del mar también pudiera repetir con ésta:

Mille mihi Senecæ, Lucani mille fuissenl,

si mihi Mecœnas unus ab urbe foret.

Decía, pues, que las calles de la población me han parecido de lo más característico, y con razón, pues según la monografía histórico-topográfica de Ramírez, «ni en su dirección ni en su anchura han sufrido alteración alguna sustancial desde los tiempos más remotos, y son, por lo general, como todas las de las poblaciones antiguas, estrechas y torcidas, o poco alineadas, por lo que es cosa digna de reparo que en el centro de la ciudad se encuentren algunas calles de mediana anchura». Yo, ni en Granada, ni en Sevilla, ni en Málaga, he encontrado ese ambiente de antigüedad de esta capital esclarecida y en una época foco, puede decirse, de la sabiduría universal. Y en la estrechez y soledad de las calles, la reja siempre, la ventana propicia al amorío de romance, los patios misteriosos que se entrevén. Si en un lugar, a modo de plazoleta, está el nombre de Séneca, y evocáis la memoria de aquel admirable filósofo y periodista avant la lettre, conocimientos mentales no tan viejos se os presentarán en esas casas de las vías angostas, y de las cuales suele brotar, inesperadamente, el eco de un piano. Allí puede muy bien vivir la señorita doña Pepita Jiménez; allá puede estar forjando sus ilusiones el doctor Faustino; y si no, en una o en otra morada puede haber nacido el ilustre D. Juan Valera, porque es sabido que, como Ambrosio de Morales y el gran Góngora, D. Juan es cordobés.

De edades lejanísimas quedan en Córdoba huellas cesáreas. De César quedan, cuando después de ser cartaginesa fue romana. Como colonia patricia consta en las medallas y en los libros que fue notable. Y aun afirma uno de sus historiadores que, siendo pretor de las Españas citerior y ulterior Marco Claudio Marcelo, «la ciudad fue ampliada y ennoblecida con suntuosos edificios, y parece se hizo de moda en Roma, por aquel tiempo, poseer una quinta en los amenos campos de Córdoba». Hoy de aquellas grandezas quedan apenas lápidas, inscripciones monumentales, columnas miliarias, monedas de Augusto en que hay borrosos problemas para los numismatas, y un venerable puente, al que aún sostienen sus pesados arcos sobre el turbio Guadalquivir. Fue goda y luego árabe, y los islamitas la elevaron en verdad a su más alta potencia. Leer esa historia es penetrar en su vida cuasi fabulosa de capital imperial, de un imperio de cuento miliunanochesco.

Hoy queda casi nada en comparación de los antiguos esplendores califales; pero lo que queda, la mezquita convertida en catedral y cuya transformación enoja a todo artista viajero, como D'Amicis, da idea de qué clase de cerebros cubrían aquellos prestigiosos turbantes. ¿Qué sería aquella magnífica Rusafa, o huerto real, en donde el poderoso Abderramán I, que también, como buen oriental, era profeta, anticipándose al cubano José María Heredia el viejo, cantó a su compatriota la palmera, entonces extranjera en esta tierra? Y sobre todo, ¿qué escenario como de la historia del príncipe Camaralzamán y la princesa Badura, u otros príncipes en cuyas vidas se interesaba tanto Dinarzada, no sería la Azhara de Abderramán III, llamada así por el nombre de la favorita del harén? En verdad, pudo venir a habitar el palacio el rey Salomón en compañía de la reina de Saba. No os repetiré los datos algo prosaicos de cronistas cristianos como Díaz de Rivas; pero sí lo que refieren narradores árabes contemporáneos de aquel espléndido califa:

«Las casas edificadas bajo un plan uniforme, con mucho gusto y magnificencia y coronadas de azoteas, tenían jardines plantados de naranjos, y correspondían a la grandeza y suntuosidad del alcázar a que estaban agregadas. En la construcción de este sitio real empleó Abderramán inmensos tesoros. Los obreros ocupados en la construcción eran mil, mil y quinientas las mulas y cuatrocientos los camellos que conducían materiales. Ayudáronle en la dirección de la obra los más célebres arquitectos de Bagdad, Tosthat y Kaiorán, y de Constantinopla, que le envió su aliado Constantino VI, regalándole al mismo tiempo cuarenta columnas de granito, las más hermosas que pudo encontrar. Pasaban de mil doscientas las de varias clases de mármoles que había hecho traer a gran precio de algunas provincias de España, de Francia, de Italia, Grecia, África y Asia. El exterior, así como el interior del alcázar, contra la costumbre de los árabes, estaba hermoseado con el mismo empeño y prolijidad que el resto del edificio, y en el interior se encontraba cuanto el arte ayudado de la riqueza puede producir de más bello y encantador. Las paredes estaban incrustadas de arabescos de mucho gusto, las ventanas y puertas eran de cedro adornadas de preciosas esculturas, y los techos pintados de azul celeste y esmaltados de oro.

«Pero como era natural, nada llegaba al primor y riqueza que en el salón destinado para su morada había prodigado el califa. Los adornos de sus muros estaban formados de oro, perlas y otras piedras preciosas, y en varios sitios, según costumbre, se leían aleluyas alkoránicas. En una magnífica fuente de alabastro, que estaba en medio de la pieza, arrojaban agua por la boca varios animales de oro, y en su centro nadaba un cisne del mismo metal. Sobre la fuente pendía una perla de extraordinario precio que al califa había regalado el emperador León, de Constantinopla. El retrete donde estaba el lecho de la favorita, se veía cubierto por un artesonado revestido de oro y acero, y sembrado de piedras preciosas; y en medio del resplandor que despedían las luces de cien arañas, saltaba un chorro de azogue que cual plata líquida caía en un hermoso pilón de alabastro. Sobre la puerta principal del alcázar, se veía la estatua de la hermosa esclava, no sin indignación de los más severos musulmanes, que censuraban la impiedad del califa, que se había atrevido a representar la forma humana, contra el expreso precepto del Korán. Los jardines que rodeaban el palacio correspondían a lo demás en primor y belleza, pues la fantasía más fecunda había prodigado allí cuanto puede lisonjear los sentidos. Bosques de mirtos y de laureles se mezclaban con los olivos, cuyo verdor se retrataba en las cristalinas aguas de los estanques: animales raros vagaban encerrados en jardines dispuestos para este fin y aves de vistosos plumajes y agradable canto animaban tan encantadora mansión.» Al suspender esa descripción, no creeríais oír la voz de Dinarzada: «¿Hermanita, quieres contar uno de los hermosos cuentos que tú sabes?» De tales mansiones no se gloria hoy la más soberbia de las testas coronadas y solamente pueden contemplarse, con ayuda de la imaginación, en las renombradas narraciones que he citado y que ha sacado a la luz y al arte modernos la sabia voluntad y el talento admirable del Dr. Mardrus.

Vagando de un punto a otro y perdiéndome a veces en el laberinto de esas calles orientales, he dado con fuentes, ruinas, un curioso monumento al ángel Gabriel, que, según tradición, ha librado a la ciudad repetidas veces de pestes, tempestades y calamidades, y por fin encontré lo único que verdaderamente atrae a los extranjeros: la mezquita. En este caso, como en otros, no cabe descripción alguna, pues muchas hay en las guías y en cien libros de viajes. Diré, sí, que me asombró este edificio de fe, como los otros edificios de amor y de guerra que dejaron en su amado Al-Andalus, y que uní mi voz a las mil que han lamentado la vandálica religiosidad de los católicos que creyeron preciso demoler obras del arte y afear el recinto de Alah para adorar mejor a Jesucristo.

La selva de columnas, la profusión de los arcos, hacen pensar en lo que sería cuando no había tapiadas puertas y la luz penetraba lateral. Se diría una vasta petrificación de palmeras. Y gracias que aún queden joyas arquitecturales y de mosaico, cual ese prodigioso mihrab o sagrario mahometano, que es la admiración de los conocedores. Aunque hay en la parte de intrusa construcción española muy notables trabajos, como el coro, el visitante no tiene pensamientos más que para los islamitas, que sabían edificar tan bellas moradas de oración. Al entrar, da deseos de cambiar los zapatos por un par de babuchas, y murmurar que «sólo Dios es grande».

GIBRALTAR

I

Desde que llegué a Algeciras, sentí que ya no me encontraba completamente en España. No descendí en la estación, sino a la entrada del muelle, a un paso del Hotel Anglo-Hispano y del Hotel Reina Cristina, dos establecimientos ingleses. El tren llega hasta allí para comodidad de los ingleses. Desde luego la línea férrea entre Bobadilla y Algeciras es propiedad de una compañía inglesa. En el hotel me encuentro con que todo el mundo es inglés. En el salón de lectura casi todos los diarios son de Londres. Alguien me asegura que desde el Hotel Reina Cristina, que está construido en una altura y en el cual se eleva un largo mástil, se hacen señales semafóricas con Gibraltar. Al día siguiente tomo en el muelle inglés el vapor de la misma nacionalidad, que me conduce al Peñón.

Un malagueño que se llama Paquito y que es portador de una guitarra, va a bordo. Una joven miss se ha acercado a él y en muy buen castellano le invita a que le dé una lección al aire libre, sobre cubierta. Paquito se excusa. Luego, allá a solas conmigo, me hace sus confidencias.

—¡Vamos, que los ingleses no me agradan! Voy a Gibraltar por unos días a ganar un dinerito... A usted, si gusta, le invito para que me oiga tocar y cantar.

La enorme mole se va agrandando sobre el fondo del cielo invernal. Se distinguen las casas escalonadas sobre la roca, y más tarde los muelles y escolleras; por todas partes el ir y venir de barcos, y, con ayuda del anteojo, las innumerables baterías, la floración de cañones que hacen del promontorio un inmenso panal de piedra y acero en que aguardan el momento propicio para lanzarse los enjambres de avispas de fuego que alborotará la mano de la guerra.

—¿Qué le parece, Paquito?

Paquito alza los hombros, resignado. Después, a media voz, me canta, junto a la borda del barco, una canción, con ritmo de tango, cuyas patrióticas y desgreñadas estrofas, no por serlo dicen menos lo que siente el corazón popular.

España fue la nación
que más lauros conquistó;
por la tierra y por el mar
extendió su autoridad;
al grito sacrosanto
de Castilla y de León,
clavaba en lo más alto
su glorioso pabellón.
Tiempo feliz que de fijo
para siempre ya pasó.
Al comparar la antigua situación
con la actual, causa pena y dolor.
De ira y de vergüenza
deberíamos llorar
al contemplar, y es la verdad,
que nuestra dignidad
manchada está
desde que vio ondear
la bandera inglesa
en el Peñón de Gibraltar.
Qué vergüenza da,
que vergüenza da, y es la verdad.
Aunque el mundo sabe
que ese invencible Peñón
hoy es inglés
por una traición.
Porque jamás pudo vencer
el pueblo inglés al español,
y en lucha igual, franca y leal,
el Águila se humilla ante el León.

Pero ha de llegar

el día en que volvamos

nuestro Peñón a recobrar

y ese día cerca está,

y subiendo a lo más alto,

y allí gritando ¡viva España!

nuestro glorioso pabellón clavar.

¡Alas poor, Paquito! Mientras das al aire suavemente esa cordial protesta, yo admiro a estos fuertes y temibles hombres. Este Peñón es el más vasto altar, el más colosal monumento de la conquista y de la guerra. Por un lado se impone dominante sobre España, por otro sobre África, y el Mediterráneo que vio en lejanos tiempos la omnipotencia latina, presencia hoy la omnipotencia de Britannia, sobre las olas—, on the waves.

El vapor atraca al muelle. Al pisar tierra, creo entrar en un cuartel. Las murallas, los fuertes, las amenazantes baterías de la altura están ante mi vista. Al entrar por una puerta de la ciudad, un soldado me da un cartoncito con un número y un permiso para circular por ella hasta el cañonazo de las doce. En una plazoleta, oficiales rojos enseñan el ejercicio a soldados kakhi. Una banda suena a lo lejos. Por fin, heme aquí en un hotel carísimo—parece que no hay de otros en la ciudad—y luego, en la calle, para aprovechar mi tiempo.

Noto que, a pesar de todo, no se ha logrado desarraigar el idioma. Toda la gente habla español. En las vitrinas de las tiendas, los objetos están expuestos con los precios escritos en inglés y en español. Asimismo la moneda española circula, y se puede pagar una cosa, correspondientemente, en chelines o en pesetas. Mas la poderosa Roma moderna impone su sello. Hay algo de cada colonia que podéis observar al paso. Aquí un negro, más allá un hindú, que os vende labores de Persia y del Indostán. No os extrañarán, por la vecindad, los moros, y los muchos malteses y judíos en sus tiendas curiosas. Los tipos son marcadísimos. He visto en verdad y en una esquina, a Alí Babá. Y los cuarenta ladrones, entre ellos el cochero que me pasea; y a Shylock, junto a un sórdido mostrador, un Shylock como el que hace Novelli, todo vestido de negro. Pasan, en fiacres de toldos amarillos, soldados y oficiales, que se dirigen a los cuarteles. Veo, no lejos, humo de chimeneas, y oigo agitación de máquinas. Sobre todo se siente el peso de una consigna y la regularidad dura de la vida militar. Aquí se han de leer mucho los versos de Rudyar Kipling. Todos esos caras morenas de comerciantes de la India, sonríen al Tommy que pasa. Los judíos están contentos porque hacen negocio. Los gibraltarinos están satisfechos porque los negocios van siempre bien. Y los españoles vecinos, de la misma manera, pues hay aquí buen mercado para los productos que se importan. Por su parte, los militares llevan una existencia de lo más agradable, pues tienen desde «whisky-and-soda» hasta «music-hall», con estrellas de la Alhambra londinense, y cacerías en tierra española, con todo el confort y cuidado que un inglés pone en esas cosas.

Allá lejos, pasadas las puertas del lado sur del puerto—una española, otra inglesa, puertas gemelas que decoran sendos escudos, el uno del tiempo de la antigua dominación, el otro moderno—; más allá de los jardines que en la roca escueta han hecho florecer con bellas vegetaciones las activas autoridades, he ido a ver los trabajos de los grandes diques en construcción. Los trabajadores bullen en la inmensa excavación, afanosos. Se me dice que de algunos días a esta parte se han recibido órdenes de apurar las tareas. Se escucha el ruido de las dragas. Los pitos de vapor silban, las vagonetas cargadas de tierra corren, la multiplicada labor se siente incansable. Se ve que es la energía británica la que dirige. Hay aspectos imprevistos, de rincones floridos, cerca de las garitas y de los depósitos. El cochero que he tomado en Gunners Parade, me lleva hasta una de las baterías bajas, donde un enorme cañón rodeado de proyectiles, también enormes, amenaza al mar. Hay en las entrañas de la colosal roca vastos trojes de guerra, en previsión de posibles cercos, así fuesen los traídos por consecuencia de una liga continental.

Hay cordones de bocas de fuego en las distintas salientes del Peñón. Y, a pesar de lo que se murmura contra la capacidad del ejército inglés, hay una admirable disciplina, y se ve que una inteligencia ordenada y eficaz ha precedido a todo el abastecimiento y defensa de ese formidable castillo natural sobre las olas. No soy perito en cuestiones militares, pero no sé hasta qué punto tenga razón un miembro de la Cámara de los Comunes, Gibson Bowles, en las afirmaciones hechas en un ruidoso folleto sobre la vulnerabilidad y debilidad estratégica de Gibraltar. Sin embargo, a la simple vista, no me parece de una imposibilidad absoluta que por el lado de tierra, un ejército audaz y bien dirigido pudiese llegar a tomar la gran fortaleza, apoyado por modernísimos cañones, que encontrarían el más estupendo blanco que imaginarse puede. Por esto es muy explicable la actitud celosa de Inglaterra que, cada vez que el gobierno español ha intentado fortificar su territorio por los lados peligrosos, ha protestado por medio del embajador en Madrid, y ha impedido toda probabilidad de futuros perjuicios. Por su parte, el almirantazgo y el ministerio de guerra londinenses tienen siempre buenos centinelas. De Rooke a White, todos los que han tenido mando en el Peñón han sido espíritus hábiles y meritorios soldados. Me parece que en los versos de Paquito el malagueño, hay profecías difíciles de cumplirse. En Highest-Pont, en The Galleries, en Signal-Station, hay muchos ojos vigilantes. Y cada día que pasa se va aumentando el número de cañones, el trabajo de los diques de carena y el arreglo y buen mantenimiento de los innumerables galpones, bodegas y depósitos de municiones y víveres. Hay talleres excelentes y cantidades de carbón crecidísimas. El nuevo muelle, concluido casi, es de primer orden, como los otros en construcción. Una lluvia de libras esterlinas amaciza y fortalece todo eso.

Difícil de abordar el gobernador, el secretario colonial, Mr. Evans, es en verdad tipo simpático y afable. Un mi compañero ocasional, Mr. Fox—sonriente zorro anglosajón, que viaja por placer y sport, y que ha recorrido todo el mundo, se hace lenguas del secretario.—«¿Y la guerra, Mr. Fox? ¿Y la guerra?»—«No sabe nadie lo que puede pasar. Pero Inglaterra es tan prudente como potente, y no crea usted que se precipite a causar conflictos, de los cuales no se puede calcular el terrible resultado. No obstante, la Gran Bretaña está lista para todo evento. El pueblo simpatiza con el Japón, más que por la alianza, por la antigua enemiga con el Oso. En cuanto al estado de la marina y del ejército, no crea usted a los pesimistas. Se ha trabajado y se trabaja. Sir Charles Beresford, no diría ahora lo que en época no muy lejana. Esta es la opinión del vencedor de Ladysmith y de su amable secretario». Miss Fox, que acompaña a su padre y que tiene los más lindos ojos azules en el más fino y sonrosado rostro, aprueba. Lo cual me hace, incontinenti, no tener ningún cuidado por la buena suerte asegurada de los barcos y soldados de su majestad el rey Eduardo.

En un solo día he visto pasar un hermoso crucero francés, tres barcos de guerra de otras nacionalidades y como doscientos vapores mercantes. Se espera pronto a la escuadra nacional. Además, el King Alfred y el Diadem, que de Singapoore se dirigen a Inglaterra. Y dentro de días, la visita del emperador de Alemania.

Mr. Fox me hace saber cosas interesantes y pintorescas. Hay un club Ladysmith que da bailes de máscaras en sus salones, situados en el Flat Bastion Road. El ejército de salvación, por su parte, predica el bien y pone en las calles los grandes letreros usuales, con máximas evangélicas y declamatorios consejos. Pero los oficiales que escuchan y siguen al pie de la letra la palabra de esos comisionistas del Señor, son pocos como los temperantes de tal o cual asociación. Prefieren entre el hunting y el tennis, unas salidas gratas por el lado de la Línea, en donde hay cante flamenco, guapas mozas españolas y el consiguiente pale-ale y whisky de Escocia. Y aquí, en la ciudad armada, está el Empire, a la manera de Londres, con una London Variety Company, en que hay una «star» que se llama mademoiselle Vanmeeren.—«¡Soberbio, Mr. Fox!—¡I think so, Mr. Darío, The Channel Fleet will thus find ample amusement for their evenings on shore!»

Miss Fox mira, distraídamente, hacia la costa de España, donde Tarifa semeja una ciudad sin vida. La banda ensaya, no lejos, todos los himnos nacionales habidos y por haber. Las sombras nocturnas se adelantan.

—¡Allo, Mr. Darío!

—¡Allo, Mr. Fox!

—¿Una taza de té?

Tomar una taza de té con Mr. Fox es un placer, cuando no da en hablar de cacerías y otros sports. Miss Fox le acompaña siempre, y toma parte activa en charlas sobre literatura, sobre ocultismo, sobre artes.

Ambos son admiradores de Rodín, y se esfuerzan en convencerme de que los franceses no comprenden al gran escultor y los ingleses sí. Los ingleses y los norteamericanos, dice Miss Fox. Se celebra la poesía de Rudyard Kipling, algunas de cuyas composiciones, demasiado argóticas, confieso modestamente no comprender. Se trata del valor japonés, y no soy simpático cuando expongo mis simpatías por Rusia. Así, llegamos a tratar de la cuestión anglo-española, la eterna cuestión de Gibraltar.

—Los españoles, dice Mr. Fox, dicen que los Ingleses ocupan Gibraltar por una traición. Y a los japoneses se les acusa de traidores por causa del golpe por sorpresa que inició la guerra actual. ¿Qué guerra no es, en realidad, traidora? ¿Y qué cosa es traición, cuando se trata de guerra? Ahora bien, si los ingleses dejaran actualmente poner excelentes y modernísimas fortificaciones en el Fraile, en La Leña, en Camorro, en las Palomas y en otros lugares del litoral del estrecho, confiese usted que serían unos tontos. Puesto que usted ha leído al filósofo alemán de «Más allá del Bien y del Mal», no tengo que entrar en mayores disertaciones. Además el tiempo es oro.

Miss Fox pone un poquito más de brandy en mi té.

Pronto he de dejar el Peñón, erizado de hierro y de muerte. Me he de dirigir a la vecina África, cuyas costas se divisan, alzándose en el fondo el grande Atlas. Mis amigos ingleses me dan una carta de presentación para un rico árabe, que reside en Tánger, y llevo además otra, del amable cónsul argentino en Málaga, para el administrador español de correos en la ciudad blanca.

II

En estos días ha habido, como muy a menudo, divertimientos alegres para los distinguidos oficiales de esta férrea guarnición. Persona que ha asistido a ellos, me celebra la distinción y las elegancias de las jiras sportivas. Ha sido un fox hunting de lo más ameno y variado, después de gozar los invitados de la hospitalidad de Mr. Larios—, uno de la egregia familia que sabéis. Galopes animados hacia Salt Pans, por amables colinas, por Agua Corte; persecución de un zorro cerca de Polmones Village; amazonas animosas y bravos cazadores, que iban en caballos veloces; magnífica jauría;

Van perros de fina raza,

Cornetas de monte, en fin,

Cuanto exige Moratín,

En su poema La Caza.

como diría, en los buenos tiempos en que hacía versos, el señor presidente Marroquín, de Colombia. Además de zorros, ha habido jabalíes, entre los cuales uno viejo y terrible que hirió gravemente a dos sabuesos. Nada os diré de las excelentes provisiones, siendo ingleses los de la partida. Hasta versos se han rimado, en los cuales se dicen bromas anglosajonas que tocan al «honorable secretario». He aquí esa muestra del humor britanocalpense:

Oh where and oh where is the gallant «Hon. Sec.»

Oh where and oh where can he be?

There's no one to keep these bold «thrusters» in check

No signs of E. M. can we see.

We met at «the Farm» (sure 'twas after the Ball)

And gossiped and «coffe-housed» there,

And drinks (though the need of Dutch courage is small)

While violets decket each dame there.

Chorus.—And there, oh yes there, was the genial «Hon. Sec.»

His smile beaming broadly and bland

As fietd money tickets he swift did collect

By scores were they thrust in his hand.

Eso, con otras estrofas más, se ha cantado con uno de esos joviales aires ingleses que habéis oído más de una vez. Así se divierten los militares que guardan la vasta fortaleza de rocas que humilla el amor propio de la Europa entera. Así se divierten, como en todas partes donde moran. Unos son enviados a la India, o a otras posesiones coloniales. Otros hay que viven aquí desde hace mucho tiempo. A veces suena un pífano, se oyen tambores. Un grupo de soldados pasa, solemne. Se lleva a enterrar a un compañero que quedará por siempre en el peñón, como están en el cementerio viejo, bajo túmulos grises, llenos de inscripciones, víctimas de Trafalgar... Pero son los amos de cuanto su vista abarca.

Como leyese las anteriores líneas a un mi amigo español que está en el mismo hotel que yo, sonríe amargamente.—«¿Usted no sabe hasta dónde llega la conquista de la libra esterlina y de los cañones del Peñón, en tierras de España, en tierra de nuestro D. Quijote? Pues escuche.» Y me lee unos recortes que saca de su cartera:

«Junto a Algeciras los ingleses disponen de campos para jugar al «golf», de cotos para cazar, de huertas para recrearse. Apenas alguien necesita en Algeciras vender una casa, los ingleses la adquieren, y a buen precio. Pronto habrá en Algeciras más propietarios ingleses que españoles. Sin embargo, Algeciras, es como Gibraltar una plaza fuerte. Bien es verdad que esta condición no se halla justificada sino por una vetusta batería artillada por algunas piezas de las que se cargan por la boca; pero no importa, buena, o mala, Algeciras es una plaza de guerra, y como tal, está sujeta a reglas especiales, ni más ni menos que la plaza de Gibraltar.

Sin extremar, como en Gibraltar se extreman—por ser allí la jurisdicción militar la única que rige—la dignidad, el honor, si todavía estos vocablos quieren significar algo en nuestra patria, debieran imponernos cierta línea de conducta. Entretanto, del propio modo que La Línea, El Campamento y Puente Mayorga son arrabales de Gibraltar, Algeciras se convierte paulatinamente en una dependencia del imperio británico. Hay una provincia inglesa que tiene por capital Gibraltar, y que comprende de hecho el Peñón, el Campo, Algeciras y todo el territorio hasta Tarifa por un lado, y de Ronda por otro. Es verdad que esta provincia tiene autoridades militares, civiles y judiciales españolas; pero quien gobierna efectivamente en ellas es el Foreign Office de Londres, y por mandato suyo, el general gobernador de la plaza de Gibraltar. Allí no se hace nada sin anuencia de los ingleses, en tanto que los ingleses hacen allí lo que les parece, seguros de hallar la aprobación tácita o la sanción legal de parte de España. La soberanía española en aquella región de la Península es una pura ficción. Conviene hablar claro y que lo proclamemos muy alto; es indispensable que España lo sepa: existe de hecho, enclavada en los dominios de la monarquía española, una provincia inglesa de Gibraltar, de la cual el Peñón es la cabeza y la ciudadela.

Los ingleses se han creado intereses por doquiera, desde la margen del estrecho hasta la serranía de Ronda. Todo el mundo sabe lo que significa para los ingleses la fórmula «crearse intereses». La intervención activa de la Gran Bretaña en la colonia portuguesa de Lorenzo Márquez y la transformación de ésta en una especie de protectorado británico, débese principalmente al ferrocarril de Delagoa a Komati-Port, cuyo primer interesado es un súbdito inglés. Así también la zona recorrida por el ferrocarril de Algeciras a Bobadilla cae, según la teoría diplomática inglesa «dentro de la esfera de los intereses británicos». De ahí que conceptuemos este ferrocarril como una infamia, porque, una de dos: o esta línea aprovecha al país, o aprovecha a los ingleses: si lo primero, el más elemental patriotismo aconsejaba que se concediese a una compañía nacional, o por lo menos, no inglesa; si lo segundo, jamás, en manera alguna, debía haberse otorgado la concesión a quienquiera que fuera, y menos aun, a una compañía inglesa. Si los ingleses no se encuentran bien en Gibraltar; si el Peñón les parece incómodo y angosto; si la residencia en Gibraltar les es penosa, por la falta de campos, de espacio, de comunicaciones, ¡que se vayan! pero que no vengan a exigir de nosotros esas facilidades de que carecen. Desgraciadamente, para oprobio nuestro, esas facilidades las obtienen con creces; gracias a nosotros, Gibraltar reúne para ellos todos los atractivos y todas las comodidades imaginables». Todo eso es la pura verdad, y mi amigo español me hace notar que se les ha dado y se les sigue dando hasta tierra. ¡Hasta tierra! Sí, se ha traído mucha tierra de España y la que se pisa, en el muelle nuevo, y más allá, es, ciertamente, «tierra española...»

¿Y agua?

Hay aljibes admirables en que se aprovecha toda el agua que cae en el Peñón; pero se trataba no hace mucho de concesiones de no sé qué fuentes de la sierra al lado de San Roque. Y ha habido un diputado a cortes que sostenía con entusiasmo esa concesión. «Gibraltar tiene en el parlamento español «sus» diputados. Los ingleses no civilizan nunca, corrompen, y el espíritu corruptor inglés se extiende como una lepra a muchas leguas a la redonda del Peñón.» No obstante... Podrán los ingleses no civilizar; más, desde Castellar, Ronda, y demás lugares que se van acercando a Gibraltar, de donde se desborda la invasión británica, advertís un aseo, una actividad, una higiene, un confort y un pale-ale, que muy poco tienen de españoles...

No he encontrado en los habitantes de Gibraltar, originarios de familias españolas, un manifiesto deseo de volver a la antigua bandera... Se advierte que un nuevo espíritu se ha posesionado de la raza. Todo el mundo ama el trabajo y procura la actividad. He recordado la palabra del siempre citable Nietzsche: «Las razas laboriosas no pueden soportar la ociosidad. Fue un golpe magistral del instinto «inglés» santificar el domingo en las masas y hacerlo aburrido para ellas, a tal punto que el inglés aspira inconscientemente a su trabajo de la semana.» El domingo en Gibraltar, es como el domingo en Londres, o en cualquier ciudad anglosajona. Religiosa o no, la población se encuentra triste, opaca, sin movimiento, en un exceso de santificaciones.

Todos los ciudadanos de Gibraltar que hablan español piensan en inglés. El Peñón está bien asido, como por las poderosas mandíbulas de un gigantesco bulldog. Este no soltará fácilmente, antes bien quiere avanzar, tierra adentro.

Como he dicho, no se permite al Gobierno de España ninguna fortificación vecina. Inglaterra desea mantener el campo, tal como quedó establecido en 1810, cuando fueron volados los fuertes existentes. «De 1810 a acá, dice un escritor español, cuántas veces hemos intentado levantar las fortificaciones derruidas o construir otras, Inglaterra ha hallado medio de hacer obstrucción. Nuestras tentativas por recuperar en la bahía de Algeciras el rango a que tenemos derecho, o simplemente por organizar la defensa de nuestro territorio, corresponden a la segunda mitad del siglo xix. El último proyecto, el que más nos interesa, puesto que se aplica a los modernos adelantos de la artillería y a las recientes innovaciones en el arte de la fortificación, lleva la fecha de 1900.»

Los ingleses, por su parte, hacen perfectamente, pues una vez bien fortificada la parte española y artillada con cañones modernos, El Peñón estaría, dada una conflagración europea, en verdadero peligro.

TÁNGER

En el Gibel-Musa, vapor inglés, después de tres horas de mar, llego a tierra mahometana. Desde a bordo ha comenzado para mí lo pintoresco con el amontonamiento, sobre cubierta, de moros y judíos de distintos aspectos, blancos, morenos, de ropajes oscuros o de vestidos vistosos. Había ancianos de largas barbas blancas, semejantes a los Abrahames de las ilustraciones bíblicas, y mocetones robustos, hombres de faces serenas y meditativas, mercaderes con morrales y cajas. Había rimeros de paquetes, armas, bagajes. Había pipas humeantes de cazoleta diminuta. Cabezas con fez, con turbante, con capuchón. Había animales. Un árabe de negra mirada iba cuidando su caballo. Un viejo de dulce y venerable aspecto acariciaba un cordero. Las inglesas del pasaje y unas norteamericanas de gorrita impertinente y rosados colores sacaban instantáneas, no sin la protesta de algunos de los africanos, que veían en tal acto un atentado contra el precepto koránico. Atrás quedaban las costas andaluzas. (¿No es allá, oh soberbio y famoso mulato, donde el África empieza más bien que en los Pirineos?). El mar estaba apacible, a pesar de las cóleras que le han sacudido los días pasados, y el firmamento de un azul pacífico. Poco a poco la ciudad fue apareciendo a mi vista, y antes, a un lado, las alturas que se extienden hacia el interior, en donde hormiguean las kabilas; y más allá, la casita blanca del nunca bien ponderado corresponsal del Times, Mr. Harris (¡perpetúe Alah su felicidad y sus días!), que en tantas andanzas se ha metido, y cuya cabeza ha sido deseada por tantos alfanjes de hijos del Profeta. Ese brillantísimo colega y Mr. Mac-Lean tuvieron que salir más que velozmente a causa de políticas aventuras, en las cuales estaba mezclado el sultán modernista, sportman Moulai-abd-ul-Aziz (¡que Alah le dé unos buenos tirones de orejas!), el cual no piensa más que en bicicletas y máquinas fotográficas, cosa que no había pensado el buen Loti cuando le vio niño en la corte de su padre.

Por fin la ciudad se presenta, sobre el celeste fondo, la ciudad blanca, muy blanca, tatuada de minaretes verdes. Confieso que es para mí de un singular placer esta llegada a un lugar que se compadece con mis lecturas y ensueños orientales, a pesar de que sé que es una ciudad profanada por la invasión europea, adonde la civilización ha llevado, con escasos bienes, muchos de sus daños habituales. Por de pronto, he ahí la muchedumbre de intérpretes del hotel, de dueños de botes de desembarco que pretenden desollarnos en todas las lenguas posibles. Y ya en el muelle, después de pasar la aduana, muchedumbre de guías, y de los que el señor Echegaray llamaría, por no hablar como Quevedo, galeotos. ¡La aduana! Yo no sé qué es lo que le dice en árabe a uno de los empleados de turbante y albornoz el intérprete que me conduce; pero, como en algunos países cristianos, no me han registrado el equipaje, y ha de costarme esa deferencia el consabido premio. Entro a la ciudad por una de las tres puertas juntas arábigas que hay en los muros blancos, entre una muchedumbre de albornoces, turbantes y babuchas, burritos cargados, cargadores que atropellan, mendigos que tienden la mano y dicen palabras guturales, amontonamientos de fardos, de cajas, de cargamentos de todas clases. Hacia la izquierda subo por una calle estrecha, y a poco estamos en el mercado, o Zoko Chico, punto en donde se encuentra el hotel en que he de habitar durante mi corta permanencia. A pesar de las tiendas europeas, a pesar de la indumentaria de los turistas y vecinos europeos, el aspecto de la ciudad es completamente oriental. Me siento por primera vez en la atmósfera de unas de mis más preferidas obras, las deliciosas narraciones que han regocijado y hecho soñar mi infancia, en español, y complacido y recreado más de una vez mis horas de hombre, en la incomparable y completa versión francesa del Dr. Mardrus: Las mil Noches y una Noche. Es que tras esta mezcla de árabes, de moros, de kabilas, de europeos, que constituye la población accesible, existe el misterio y la poesía de la verdadera vida de Oriente, tal como en los tiempos más remotos. Pues, como muy bien se ha observado, el Marruecos contemporáneo es siempre el imperio moro del siglo duodécimo, con su organización feudal, su lujo y sus artes exquisitas. Y comprendo la inmensa distancia que hay entre esos espíritus de creyentes y fatalistas musulmanes y las almas de Europa y América; entre esas razas del animal humano llenas de ferocidades, de noblezas, de arrojos, de vicios y de virtudes naturales, y las razas nuestras que el progreso y la civilización han llenado de artificialidad, de sequedad y de desencanto. El desdén inmenso que estos hombres sienten por nosotros, tiene su base principal en el concepto distinto de la vida que hay en su cerebro. Ellos no guardan, como los que somos cristianos, ciertas ideas del pecado que hacen dura y despreciable la vida terrestre, y en su inmortalidad teológica, no esperan ni premios ni castigos que vayan más allá de nuestra comprensión.

Salgo del hotel a dar mi primera vuelta por la ciudad, caballero en una mula mansa y vieja, en una silla morisca forrada de paño rojo. Me precede, en otra mula, el guía, un español que hace largos años reside aquí, y que conoce el idioma perfectamente. Me sigue, a pie, un morito vivaracho, de grandes ojos negros. Ambos llevan látigos; el guía para los moros del pueblo, que no se apartan del camino, y el morito para mi mula. Así pasamos por toda la larga y única calle que pueda merecer este nombre, hasta llegar al gran Zoko, o Zoko de Barra, el mercado principal. No nos detenemos, pues por esta vez quiero conocer los alrededores. No lejos están las casas en que habitan los cónsules, algunas con hermosos jardines y de arquitectura oriental. Más afuera, en los declives del terreno, o sobre graciosas colinas, hay otras construcciones en donde moran extranjeros. Después es la campaña. Hay profusión de áloes y tunas, lo que en España llaman higos chumbos, y datileros e higueras. Manchas de flores rojas y amarillas entre los repliegues del terreno, y gencianas y geranios. Todo lo ilumina una luz grata y cálida. No muy distante, advierto grupos de casas bajas, aldehuelas como sembradas en el seno de los valles, y de donde se eleva una columna de humo. Y sobre una altura, de pronto, la silueta de un jinete. Unos cuantos soldados entran montados en sus hermosos caballos y armados de las largas espingardas que se creerían tan solamente propias para las panoplias de adorno y las colecciones de los museos y armerías. Son de las tropas que vienen del interior, en donde una nueva insurrección se ha levantado de manera tal, que desde hace algunos días son escasas las caravanas que entran a Tánger, y, por lo tanto, sufre el comercio.

La tarde cae y vuelvo al hotel.

He bajado a la playa, allá lejos, en donde hay casetas de baño y pasan de cuando en cuando moros montados en sus burros, que vienen de no sé dónde, del campo vecino, de detrás de las alturas cercanas. Hay cerca un quiosco blanco y pintoresco, casas blancas de techos rojos, habitaciones en que ricos extranjeros se solazan enfrente de las aguas azules.

Desde aquí se divisa una parte de la población; en algunos puntos jardines y arboledas; más lejos, murallones, las orientales construcciones cúbicas, construidas como en un vasto anfiteatro. Hay algunas de dos pisos, y tales rodeadas de otras bajas, con muchas puertas.

Una que otra lancha se ve por ahí cerca en el mar quieto. Hay una grande paz. Por aquí deben habitar de esos ingleses y norteamericanos hábiles y curiosos que han sentado sus reales en esta tierra y han explotado y explotan el país comercialmente, o como dice un buen censor, que han hecho experiencias industriales e industriosas. Los chalets y moradas que hay cerca de mí, muestran todos los aspectos de nuestras mansiones de ricos occidentales.

A poco rato de vagar, he aquí que sale de una de las casas una bella dama rubia, mientras en lo interior suena un piano. Pongo el oído atento a lo que tocan. Es algo del Otello de Verdi. No está fuera de lugar.

Un caballero español me presenta a Mohamed-Ben-Ibrahim, moro de letras, que ha viajado por Francia, Italia y España, y que conoce perfectamente, para ser moro, la literatura española. Es un tipo elegante, quizá demasiado europeizado, que a su traje flotante y soberbio ha agregado una magnífica leontina hecha por un platero madrileño, y un reloj suizo, de cincelados oros, con campanilla de repetición, que se complace en hacerme oír cuando paseamos... Me habla del poeta Zorrilla y me recita versos del maestro. Me pregunta si Zorrilla sabía árabe y, como yo resueltamente y creyendo decir la verdad, le digo que sí, su contentamiento es grande. Mohamed no ha perdido mucho de su carácter nacional a pesar de sus viajes y de su confesado afecto por las mujeres cristianas, sobre todo por esas huríes singulares de París. Él continúa en la completa fe de sus mayores, y es un mahometano practicante que no olvida, a la hora señalada, su plegaria, con la mirada hacia el punto cardinal en donde la ciudad sagrada se encuentra. Pero no es suficientemente ortodoxo... Hemos entrado en un bar, o cosa por el estilo, que hay cerca de mi hotel, y allí Mohamed se ha mostrado demasiado afecto a una bebida nacional británica, muy usada por los célebres rumíes Harris y Mac Lean...: el whisky-and-soda. «Amigo Mohamed, le digo, tengo una vaga sospecha de que vuestro profeta no os ha dicho precisamente que el vino es bueno, y menos el whisky». Mohamed sonríe, pero no con irreverencia occidental, antes bien como quien va a decir una cosa de razón a quien la ignora. «Es cierto que él peca, porque le gustan mucho no solamente el whisky, sino los vinos de España, y sobre todo el champaña que aprendió a saborear en los bulevares parisienses, y cierto moscato espumante de que la admirable Italia le dió muestra exquisita, pero él es un creyente que conoce muy bien su religión, y las condiciones que hay que llenar para que los pecados sean perdonados y sea abierto el mahometano paraíso. El peca, y luego va a la Meca.

No ha faltado, desde hace tiempo, una sola vez a la consagrada costumbre, obligatoria para todo buen musulmán, y así Alah le reconoce digno». Esto dicho, Mohamed bebe su licor escocés con fruición y vuelve a hablar de poesía. A este propósito me confía que se ha atrevido a hacer versos en español, y me recita algunos, no más malos que los de tales incircuncisos que yo me sé. Me cuenta que hay marroquíes y tunecinos que cultivan la literatura castellana, y me pondera a un su amigo de Túnez, llamado Abul Nazar, de quien me recita unos versos a la Giralda sevillana, que le habrían satisfecho a Zorrilla, por moros y por zorrillescos. Abul Nazar, como Mohamed-Ben-Ibrahim, siente en verdad que el alma del autor de Granada, era, siendo tan católica, enormemente sarracena. Los versos de Abul Nazar, son los siguientes:

Giralda, alminar gentil

En que la belleza mora,

Eres cautiva señora

En extranjero pensil.

Yo te llevara a un paraje

Que fuera harén opulento,

Donde regalase el viento

Tus alharacas de encaje.

Vieras con el ajimez,

Que ojos finge de tu cara,

Las lejanías del Sahara,

Los bosques de Mequinez.

Sobre cielos carmesíes

Las huríes,

Aun más blancas que el marfil,

Se apostaran por mirarte

E imitarte

En tu apostura gentil.

Desde tu altura sonara

Dulce y clara

La canción del Muëzín;

Te abanicaran palmeras

Y tuvieras

De rosas blando cojín.

¡Quién abrochara tu talle

De mi valle

Con el nardo embriagador!

Y a tu pecho floreciente

Diera ardiente

Cálido beso de amor.

¿Qué más morisco y qué más zorrillesco? Ese son de guzla es ciertamente una oriental que se intercalaría sin detonar, entre las del autor de Tenorio o las del injustamente olvidado padre Arolas.

Anoche he estado en el principal café moro. Por una puerta estrecha que da a una angosta callejuela, se entra al no muy espacioso recinto. Hay tapices para los del país, y mesitas para los visitantes extranjeros. Mi amigo español y yo nos sentamos en una de las últimas. Había cerca de nosotros varios franceses y señoras inglesas. Un mozo de rojo fez nos sirve en pequeñas tazas el café ya azucarado y sin colar, como es uso y como lo solemos tomar los aficionados en París en el restaurant judío-oriental de la rue Cadet. La atmósfera está cargada, pues no son pocos los fumadores. Unos fuman el tabaco solo, y otros mezclado con cáñamo indiano. De pronto inicia la orquesta—¡la orquesta!—un son de los suyos... La orquesta se compone de ocho o diez músicos que tocan los más inverosímiles violines y violones. Veo un solo violoncello europeo tocado por un morenote barrigón que mueve todo el cuerpo cuando toca. Es un solo motivo repetido una, dos, innumerables veces, motivo triste, lánguido, hipnotizante; y como no andan muy acordes todos los que ejecutan, da la disonancia persistente, a veces, cierta angustia. ¿Qué impresión hay en mí? En verdad, vuelve a cada paso, por la escena iluminada por las lámparas de cobre, por el ambiente, por los tipos y sus indumentarias, la reminiscencia miliunanochesca; pero también pienso que no es la primera vez que escucho ese aire monótono y veo esas singulares figuras. A la idea de cuento árabe se junta entonces el no lejano recuerdo de la Exposición de 1900. Me regocija un tanto, por el lado poético, el que esto esté en su centro y lugar, aunque me amargue mi contentamiento el notar que todo se hace para satisfacer la curiosidad y recibir las pesetas del turista, del perro cristiano. Las cuerdas chillan rozadas por los arcos curvos, y de las cajas sonoras, hechas unas en forma de zuecos, salen las voces gimientes. A esto acompañan varios guitarrones a manera de laúdes, con labores de nácar incrustados, y a todo se unen las voces cantantes de los músicos mismos, entre los que hay jóvenes y viejos, abundando entre los últimos siempre los rostros bíblicos, las caras de viejos profetas aullantes.

Hay que salir de ahí para librarse de la repetición dolorosa y llorosa del motivo oriental, que llega a causar malestar en los nervios.

El canto o más bien recitado del muezzin, es de esas cosas que no se olvidan cuando se las oye. En lo profundo de la sombra nocturna, o a la hora del crepúsculo, o bajo la maravillosa luna que brilla sobre zafiro celeste, su voz, en un ritmo repetido y único, confía al viento y promulga al mundo que Alah es grande. Esta campana humana que llama a la oración y que recuerda a las razas más creyentes del orbe la omnipotencia del Dios poderoso, es de lo más impresionante intelectualmente que se puede todavía encontrar sobre la faz de la tierra, de la tierra árida de destrucciones mentales, seca de vientos de filosofía, y que casi no halla en donde resguardar el resto de las creencias y de amables ilusiones divinas que han sido por tantos siglos el sostén y la gracia del espíritu de los pueblos.

Flaubert afirmaba, que si se golpeaba sobre las cabezas bellas y graves y pensativas de estos africanos, no saldría más que lo que hay en un cruchon sans bière ou d'un sepulcre vide. Yo he oído salir de estos cerebros—quizá de los menos europerizados que en mis pocos momentos africanos he conocido— pensamientos serios y ocurrencias interesantes. No porque ellos tengan un punto de vista diferente del nuestro en la vida, en el progreso y en la esperada inmortalidad, dejan de mostrar una sensatez y largas vistas que muchos cristianos desearían. Son excepciones, es cierto; pero no hay que olvidar que esta raza tuvo en jaque a Europa y encendió lámparas al mundo cuando había enseñanza en Córdoba, y gloria en Granada y en Bagdad.

El zapatero que tiene su taller en un miserable tenducho, os dice razones discretas y, sobre todo, os trata con toda la urbanidad apetecible, desde luego que entráis bajo su techo. Esos remendones de babuchas son curiosísimos, y, según mi intérprete, hacen entre la morería, como los barberos de nuestras civilizaciones cristianas: charlar de los sucesos que pasan y entretener o impacientar al cliente con sus conversaciones. En este caso, pues, el silencioso vivir de la raza, tiene su contraparte...

Día de mercado. El gran zocco es un vasto cafarnaum, un hervidero de colores y de figuras bizarras, una colección rara, para el extraño, de escenas pintorescas.

He aquí las caravanas en reposo, después de haber cruzado el desierto para traer las mercaderías de lejanas comarcas. Los camellos, que hasta hoy había visto tan sólo en jardines zoológicos, en la bohemia de los circos errantes, los camellos, feos y misteriosos, cantados tan bellamente en los versos de Valencia, están aquí en su ambiente y bajo su cielo, unos echados, otros de pie, tristes, esfíngicos, jeroglíficos...; y junto a ellos, sudaneses de carbón, beduinos de gestos fieros, entre bultos y amontonamientos de cosas heteróclitas. Más allá, mulas, caballos desensillados o con las consabidas monturas rojas. Y un mundo de gentes diversas, un andante museo de biología comparada, y una variedad de vestimentas y de tintes que sorprenden e interesan. Aquí está un moro berberisco, con su capucha calada que le cae atrás en pico: su traje que se asemeja a una clámide con mangas que le llegan a medio brazo, y el aire poco reservado, en su cara que llamara campechana si no relampagueasen de repente instintos terribles en sus pupilas. Lleva las piernas desnudas, la barba afeitada, los pies descalzos. Luego un kabila ceñudo, rapado el cabello por delante hasta formarle una calva sobre el apretado y corto pelo negro; los ojos crueles, la boca voluntariosa bajo un bigote escasísimo. Luego un árabe rubio casi, de mirada soñadora y barba fina, y un árabe moreno, de cara afilada, mentón puntiagudo que prolonga la barba negra, cráneo alargado, gesto autoritario y siempre duro. Luego negros colosales; ¿senegalenses? ¿abisinios? ¿sudaneses?

Perdonad mi escasez de antropología en tan curiosas sensaciones africanas; mas lo único que os diré, es que como esos gigantescos negros eran, o deben haber sido, los que cuidaban los molosos y los leones de la reina de Saba. Los vestidos hacen sus juegos de color en la plaza hormigueante. Ya es el jaique blanco, ya el jaique rosado, ya el jaique verdoso, ya el jaique obscuro o leonado; ya el amplio albornoz majestuoso, ya los mil turbantes de varias formas. Veo turbantes rojos en el centro, y alrededor blanquísimos, en un pesado retorcimiento de telas, turbantes blancos de centro negro, turbantes todos negros y turbantes todos blancos; y unos que parecen hechos con camisas viejas y otros que parecen gordas trenzas de fulares de lujo. Una tela es áspera y pobre; otra os da idea del gran señor que la lleva, por los tejidos de oro que brillan en la ondulante seda o preciosa lana. Hay albornoces que indican una categoría. Hay babuchas ricas y babuchas miserables.

A tal comerciante le veo una leontina semejante a la de mi amigo Mohamed-Ben-Ibrahim, y un rostro que parece haber pasado por el pecaminoso ambiente de París. Si irá también con frecuencia en peregrinación a la Meca... Y paso entre este mundo tan diferente al mundo en que he vivido, con la sensación de estar en un ambiente de fantasía. En este lado, un moro vende dátiles en confitura; más lejos unas galletas de apetitoso aspecto; más allá, dulce de no sé qué fruta; más allá habas; acullá aceitunas, y almendras, y pan del país hecho de un trigo especial que llaman dura.

Luego, son unos ambulantes vendedores de babuchas y cueros, curtidos, de colores vivos, orfebrerías y tejidos de oro de Fez: chiarenas, y jaiques hechos a mano. Y en sus tenduchos, otros mercaderes aguardan indolentes a los compradores de sillas de montar, de turbantes, de arneses, de puñales, de hierros y aceros distintos, de vasos y jarras. ¿Y las mujeres? Yo no he visto sino tales envoltorios blancos, pobres viejas, que como todas las mahometanas, tenían el pudor oriental de la cara. A una jovencita alcancé, en un descuido, a verle el rostro, por un lado; era hermosa, mas me pareció que estaba tatuada en la mejilla. Mirad si un artista, en estas tierras, tiene en donde ver vida aparte, seres aparte, y soñar su sueño, aparte...

Caminando llego hasta un grupo de gentes que ven a un encantador de serpientes. Más lejos, unos aissaouas hacen sus sabidas terribles proezas. Al son de unos roncos tambores golpeados por las manos de sus dos compañeros, el salvaje brujo comienza a mover la cabeza primero, luego el busto, luego todo el cuerpo, sin mover los pies, en una danza de cobra, de adelante atrás o de un lado para otro. Los moros le miran en silencio. Uno de los tamboreros echa en un brasero cierto polvo resinoso, que produce fuerte humareda, en la cual, sin dejar su rítmico vaivén, mete la cabeza el aissaoua y aspira con fuerza. Diríase que se hipnotiza y que se anestesia. A poco toma un puñal agudo y se traspasa un brazo, una mano, una oreja, la lengua; ase a puñados brasas que uno ve que queman, pues se siente un repugnante olor a carne asada...; se echa de barriga sobre un sable afiladísimo y se le ve en la piel una herida que brota sangre...; se mete una especie de cuña en la órbita de un ojo y el globo sale fuera, horroroso...; ase varias víboras que dicen ser venenosas y se deja picar en los labios, en el cuello, en la lengua... Los tamboreros siguen su son, al que agregan un canto nasal y chillón. Para final, el brujo feroz toma un poco de paja, la da a examinar a la asistencia como nuestros prestidigitadores, la enrolla, la hace una pelota entre sus ásperas manos, sopla en ella y la paja se enciende y arde sobre sus palmas hasta que se consume. Los concurrentes le dan unos cuantos ochavos y la función concluye para recomenzar más tarde.

Al retirarme veo en otro extremo de la plaza, que forma un declive, gran muchedumbre sentada en el suelo silenciosa. Frente al grupo de albornoces, jaiques y turbantes de colores, se alza un árabe de negra barba, todo vestido de blanco, tipo, en verdad, hermoso y aristocrático. Habla, recita. Mi intérprete me explica: «Es el poeta que cuenta cuentos». Viejos, muchachos, hombres, le escuchan como a quien trajese noticias de reinos extraordinarios, de países de ilusión. Bello es el espectáculo al armonioso brillar del sol de la tarde sobre los hombres, sobre las vestiduras, sobre las cercanas casas cúbicas y blancas. El poeta, el narrador, dice con entonaciones admirables, en su gutural y ronca lengua, sus historias, sus cuentos. Y hay algo en su declamación del modo de recitar de los actores franceses. Cuando concluye, todos desfilan ante él y le dejan su óbolo.

Y al partir y al despedirme de ese lugar y de este país en donde jamás un tholva leerá un libro de Nietszche, vuelve a mi memoria el libro maravilloso, el libro glorioso, a quien se debe tanta magia, tanto color, tantas sanas alegrías y visiones interiores, el adorable Alf lailah oua lailah—Las mil noches y una noche—que empieza: «Está referido—pero Alah es más sabio y más cuerdo y más bienhechor—que había—en lo que transcurrió y se presentó en la antigüedad del tiempo y el pasado de la edad y del momento—un rey entre los reyes de Sassan en las islas de la India y de la China...»

VENECIA

Escribir sobre Venecia, insistir sobre Venecia... ¿todavía? Bien se pudiera, para nosotros, sobre todo, con un poco del montón estético ruskiniano, con Molmenti, con los mil de la bibliografía veneciana, hacer, al uso del fácil literaturismo, una labor de pintorescos retazos, como del viejo traje de Arlequín, desecho de los últimos carnavales... No en mis días. Uno podría aparecer de repente que me dijese: «Eso es de Ruskin», o «es de Molmenti». Os doy mejor lo mío, mis impresiones, mis instantáneas intelectuales, a toda luz, para que todos las comprendan y las vean. Esto me atrae desde hace ya tiempo las simpatías de las excelentes personas que gustan de la claridad y de la sencillez...

Así, pues, guardo mi flauta y mi violín, que me habrían servido para ejecutar vagas rapsodias en esta ocasión, y digo simplemente que estoy en Venecia, de nuevo, y que, desde la misma ventana del hotel Bellevue, por donde me asomaba hace cuatro años, veo la misma joya bizantina de San Marcos, las palomas, la plaza, con el Campanile de menos, y los ingleses eternos, que van a visitar la iglesia, el palacio, y a dar de comer a las palomas... La primera vez me enamoré de Venecia con locura: hoy, creo que estoy siempre enamorado de ella, pero haría un matrimonio de conveniencia... No porque la juzgue muerta, como Maurice Barrés, porque Anadiómena no muere, sino por las malas frecuentaciones y relaciones que ha tenido; no por su decadencia, sino por su profanación. Profanación del peor vicio cosmopolita que viene a flotar en góndola, para dar color local a sus caprichos; del ridículo literario de todas partes, que escoge como decoración de insensatez estos lugares divinizados por la poesía y consagrados por la historia; del dinero anglosajón y alemán que vulgariza los palacios y las costumbres, del turismo carneril que invade con sus tropillas todo rincón de meditaciones, todo recinto de arte, todo santuario de recuerdo. Esto se ha convertido, ¡oh, desgracia! en la ciudad de los Snobs, en Snobópolis. Y es el peor snobismo existente el que aquí se da cita. ¿Sabéis que podéis encontrar en el Danieli aristocracia adventicia, falsa y pentapolitana? Chiflados de todas partes vienen a querer convertirse en ruiseñores y a creer que hacen brillar la renovación de grandes nombres. Periodistas ricos y novelistas de París, de Londres, de otras partes, vienen a vivir dos meses de novela pseudosentimental que les dé para ponerla en una serie de artículos, en un volumen... Pintores de rezagado romanticismo enfermos, o de ultrahisterismo, rematados, ainda mais llenos de ideas morbosas, llegan a proyectar telas y a realizar escándalos de que los Esclavones sonríen y la Piazzeta se conmueve, aun... Tal novelista bulevardero, busca aquí temas o decorado, para sus escenas, para su literatura asfaltita. Y las siete lámparas de la Arquitectura no se apagan, y las Piedras de Venecia siguen impasibles.

...Piedras de Venecia, ¿quién diría vuestros encantos, vuestros misterios, vuestros maravillosos secretos, vuestras floraciones de idea y de arte? Muchos lo han dicho—y el mejor, y el último, ese inexcusable D'Annunzio... Y he aquí que D'Annunzio se me asemeja a esa prodigiosa Venecia... ¿Raro? No sé. Vamos a ver.

Venecia, la poética, la soberbiamente dulce, la celeste Venecia—decía yo a un amigo mío, compañero de viaje, mientras la góndola nos conducía en esas aguas soñolientas cuyo paludismo se mezcla a tanta reminiscencia intelectual... Y me esforcé en hacer todo lo posible para presentarle, en cortas frases, una monografía veneciana, una imagen pequeña como en un pequeño espejo, de la soberana y magnífica república, del poderío antiguo, de la maravilla de sus grandezas comerciales y políticas, de su vida artísticamente real y práctica, y cruel y terrible y poética y sangrienta. Le cincelé en poca prosa un Puente de los Suspiros... Le hice ver el Canalazzo, casi en verso, con estrofa por palacio... Le diluí, con mi mejor manera, la dulzura de amar y el ardor de amor, en ese ambiente. Le hice sentir a Giorgione, y adorar el Ticiano, a su manera. Vio de oro, de mármol y de sol amable la ciudad de silencio, de amor y de crepúsculo. Saqué mi violín... En esto llegó, en otra góndola, un agente de una casa de cristalería y muebles... Fuimos a los almacenes. Vimos muchas cosas de todas clases y hubo que comprar. Había una Venus de mármol, cristales finísimos y pacotilla... Recordé un cuento de Julio Piquet, a propósito de un lindo vaso. Hubo que hacer sumas... Hablamos en inglés... El agente hacía señas al vendedor, para su comisión... Afuera brillaba un bello sol sobre el gran canal... Eso es D'Annunzio... ¿y qué?... Eso es nuestro tiempo. Eso es nuestra vida actual. Eso es: pompa y oropel, brillo y negocio...

...La negra góndola va por el agua negra y mal oliente. Relucen sus adornos dorados. Va entre las viejas puertas, las paredes viejas y las rejas de las famosas prisiones. El gondolero no deja de enseñarme su lección de historia hasta que le pido silencio. Va la negra góndola. Sale al gran canal. La tarde es literaria. El sol va adorablemente dorando con oro violeta las aguas, y con oro rojo pálido la cúpula de San Giorgio... La luz, el paisaje, la armonía suprema natural, el horizonte «histórico», el aire melificado por siglos de besos de amor, los poetas que por aquí pasaron, los duxes, los conquistadores... ¡Qué hermoso escenario para veinte años vírgenes y una lira! Yo tengo casi el doble, y sin palma; y el instrumento apolíneo creo que se me quedó en Buenos Aires...

Llego al Lido en momentos en que puedo presenciar un lamentable espectáculo. D. Carlos de Borbón y su esposa D.ª Berta de Rohan, bajan a tierra, de su barquilla a vapor, o a gasolina, una especie de automóvil marítimo. Hace años os he hablado, con respeto y simpatía, de ese rey en el destierro... Hoy le veo y me parece que no le ha limado el tiempo. Su D.ª Berta —«¡Rohan soy!»—es la misma. El aspecto del monarca in partibus es el mismo, y su humor que se transparenta por sus maneras, pintado admirablemente por Luis Bonafoux, debe ser el mismo. Y César, el perro, de que hablé también hace ya tiempo, sigue siempre al lado del amo, símbolo de la carlista fidelidad.

Conozco la mayor parte de las repúblicas nuestras, con sus extrañas políticas movidas desde los palacios presidenciales y casas de distintos colores, y llego a este propósito a recordar la ocurrencia que en una revista francesa expresó un chispeante escritor argentino, Luis B. Tamini: ¡Los pueblos latinoamericanos unidos en un gran imperio o reino, y proclamado y coronado señor, D. Carlos de Borbón! La broma da que pensar, sobre todo, si se han leído los versos en que un poeta y diplomático del Perú, el distinguido Sr. Chocano, dice con su épica trompa:

Ve a Porfirio I: si él es fuerte y es grande,

Grande y fuerte es su pueblo. Y él nos da la lección.

Quien le diga tirano, ya sabrá que en América

Los rieles que se clavan son los grilletes de hoy.

Yo no sé lo que dirán de eso mejicanos poco entusiastas por los rieles del presidente Díaz, como el escritor Ciro Ceballos. Mas volviendo a D. Carlos, no me uniría yo a la proclamación que inicia Tamini, desde que le he visto salir de su lanchita a vapor en las playas de ese Lido por donde vaga el recuerdo de Byron. Le he visto, con su esposa, ella muy elegante, muy parisiense, él muy sportman, muy inglés, con su sombrerito de paja y doblado el ruedo de los pantalones, como es de uso entre la correcta gente británica. Hasta allí todo va perfectamente. Mas ¿esa banderita española que parte los corazones, en la popa de la lanchita automóvil? ¿Y esos marineros, vestidos como comparsas de zarzuela patriótica, con cintas amarillas y rojas en vestidos y sombreros?... ¡Oh, Daudet, oh, Voltaire!

Llevo en la obscura barca el libro en que Barrés, cultivando siempre su yo, realiza preciosas páginas de amable filosofía. Y me fijo en las que hablan de «las sombras que flotan sobre los ponientes del Adriático». Es una la del sereno Goethe, otra la del sentimental Chateaubriand, otra la del borrascoso lord Byron, dos unidas, las de Musset y George Sand; otra la del pintor suicida, Leopoldo Robert; luego la de Taine, la de Gautier, la de Wagner. Pienso que esas sombras tienen mucha culpa, con los evocadores de ellas, de que la encantada ciudad pueda justamente ser denominada Snobópolis. Desde más de un honesto burgués atacado de mal de novela vivida, hasta los equívocos Aldesward, se acogen, quién al amparo de la sombra de Musset, quién a la de Wagner. Solamente a la del sesudo Taine sospecho que la dejan tranquila.

...¡Musset, George Sand! Acaba de publicarse la correspondencia de ese famoso par de románticos, y no por pura indiscreción del encargado de la publicación o de las familias respectivas, sino por póstuma voluntad de aquella terrible señora, que pensó en el futuro, en que la humanidad del porvenir tendría interés en saber sus intimidades poco delicadas, y la estupenda situación del ménage à trois sentimental y físico que sostuvieron su inaudito carácter y su extraordinario temperamento. Sand, Musset, Pagello... ¡Da pena leer esas cartas, pena por el pobre Musset, jovencito, soñador, alcoholizado, y en manos de semejante literata! La literatura los unió, y Pagello, que no entendía de literaturas, aparece allí como el más interesante bruto. Él es el único que está en la vida. A los dos curiosos amantes, apenas el velo de oro de la gloria alcanza a librarlos del ridículo. Ellos mismos fueron snobs avant la lettre.

Oigo, por la noche, en el silencio de los canales, bajo el taciturno cielo, como eco de cantos. Vuelvo a la góndola y me dirijo hacia en donde, en una gran barca adornada de farolillos de colores, suenan violines y flautas y guitarras. Allí, una graciosa muchacha, acompañada por los instrumentos, canta sus canciones. La barca está rodeada de góndolas, y todos los que han llegado atraídos por la armonía, escuchan. Hay allí seguramente espíritus de pasión, almas de ideas; y hay allí, seguramente, de los cosmopolitas de Snobópolis. Hay quienes, silenciosos, sueñan su sueño, y quienes se engañan a sí mismos, en una aventura de farsa, en una comedia amorosa, artística o literaria. De todas maneras, es éste aún uno de los lugares de la tierra en donde, los enamorados del amor o de sus visiones, pueden encontrar un refugio, a despecho de los profanos invasores. Aunque se quiera, no puede haber un automóvil. No hay más que el de D. Carlos sobre las aguas... Se puede también apartar por momentos, mejor que en ninguna parte, la dolorosa realidad cotidiana. «El único medio eficaz de soportar la vida, es olvidar la vida», dice el ya citado M. Taine. Aquí se puede gozar de ese olvido, pues Venecia, todavía, a pesar de los judíos de las fábricas de vidrios, a pesar de los clientes del café Florián, a pesar de los estetas de larga cabellera, es un país de sueño y de ilusión, un reino florido de versos y de melodías. Y la belleza de las mujeres venecianas, consagrada en rimas y en cuadros magistrales, con sus gloriosas cabezas que Ticiano amaba, está allí, indestructible, atractiva, demandando la ofrenda del canto y el tributo del amor. Amor que inspiran, no terribles y estrepitosas Pentesileas de letras, como la ilustre jamona del lírico de Las Noches, sino prodigios de gracia y de decoro juveniles, primaverales, como aquella divina y casi impúber condesa que adoró a Byron, la Guiccioli, cuyo nombre vibra en la noche del tiempo como un trino de italiano ruiseñor.

FLORENCIA

Una vuelta por la Cascine, una recorrida al Lungarno, un saludo a Miguel Angel, una reverencia a Dante, y después de subir por la puerta Romana a respirar el dulce aire en que se recrea la vegetación florida que rodea al amable San Miniato, descender por este suelo que hollaron los pies de Beatriz, hacia la ciudad. Luego, pasar por las venerables construcciones de dominó, detenerse un rato en el Gambrinus, e ir en seguida a un restaurant, en donde no se coma a la francesa, y en donde se balancee en su armazón de níquel el grande y panzudo frasco de purísimo vino toscano. Es un buen programa para turista que va de prisa. Si sois artistas, esta ciudad es para largas permanencias, para venir a pintar un gran cuadro, vivir una bella vida, escribir un gran libro..., aunque fuese uno más en la inmensa bibliografía inspirada por la vieja urbe florida de los lirios y de las rosas.

Por la noche he ido al teatro en que cantan la Paccini y Bonci. Aquí no se exige el traje de etiqueta. Es algo así como si se diese a entender que lo que en otras partes es función extraordinaria y singular divertimiento, aquí es espectáculo natural y propio. Se está en casa de la Opera, de confianza.

Magnífica orquesta, concurrencia, en donde brillaban hermosísimos ojos de luz negra, o de ardientes resplandores azules; copiosas cabelleras de heroínas d'annunzianas, y un ambiente de comunicativa alegría. Y son los viejos Puritani, los que se cantan. Gloria a la música antigua, a la melodiosa ópera romántica, a los maestros que nos deleitan sin fatigarnos mucho el cerebro, con el «vapor del arte». Las músicas nuevas y sabias son para la cabeza; las que encantaron a nuestros abuelos son para el corazón. Feliz quien puede todavía gustar de esos goces de antaño, y salir del teatro con la imaginación fresca, el alma alada, como respirando un recién cortado bouquet de ilusiones, y, como en el encanto de pasados recuerdos, o en la esperanza de amor aún, tarareando una romanza que aún no han alcanzado a ajar los callejeros organillos.

PEQUEÑA ÓPERA LÍRICA

Por la mañana, después de leer los versos de un poeta joven y ardoroso, R. Blanco Fombona, he tenido una singular soñación, de esta manera...: «En cuanto a la persona del autor de esta «Pequeña ópera lírica», diré que es un antiguo conocimiento mío. Lo vi la primera vez en casa del cardenal de Ferrara, en Roma, y allí nos presentó en términos amables y corteses, messer Gabriel Cesano. Juntos visitamos frecuentemente en sus horas laboriosas al insigne Benvenuto Cellini, a quien solíamos acompañar, algún tiempo despúes en la ciudad de Florencia, cuando salía de paseo y aventura, durante cuatro días que allí permaneció. Benvenuto lo tenía en estima y cariño, porque mostraba un gentil hablar, una gallarda figura y un ímpetu brillante para cosas de placer y pendencia, además de sus relaciones con las musas, docto en finas rimas, finas dagas y finas palabras. Desrazonábamos a la luz de la luna, a las orillas del Arno. Él tenía a veces súbitos arranques de intransigencia y ponía yo como escudo paciencia fuerte, para no acabar tanto intelecto de amor en choque y sangre. Mi mayor edad me daba más tranquilos argumentos. Las discusiones eran sobre Cristo Nuestro Señor, sobre el poder de Venus, sobre el mérito de un salero de oro. Me solía repetir sentencias de graves pensadores y exámetros de sensuales poetas. Fraternizábamos en Epicuro, pero yo creyendo siempre en Jesús santo, y él no. Me repetía con frecuencia un apotegma del sesudo y honesto Marco Aurelio: «En general, el vicio no daña al mundo, y en particular no daña sino a aquel que no puede abandonarlo cuando quiere.» Tenía las más suaves y amables maneras y las más inesperadas y agresivas sonrisas. Una noche, en una hostería, apaleó a un mozo, se armó camorra, sacó la espada, llegó la justicia, yo me escurrí. Sus frecuentaciones eran de todas guisas. El mismo día en que me presentó a un grande de España, le vi hablar con gentes equívocas. «La vida es eso», contestaba a mi extrañeza. Era gran partidario de los Médicis y amaba sobre todo a Lorenzo, porque era poeta y se apellidaba el Magnífico. Apenas había comenzado a vivir verdaderamente, y ya quería escribir el diario de su vida. Era injusto, porque la juventud es pasión y la pasión no es justicia. Yo le observaba con nuestro gran Benvenuto: «Tutti gli uomini d'ogni sorte, che hanno fatto qualche cosa che sia virtuosa, o si veramente che le virtù somiglie, doverieno, essendo veritieri e da bene, di lor propria mano descrivere la loro vita: ma non si doverrebe cominciare una tal bella impresa, prima che passatto l'età di quarant'anni». Partió a Flandes; llegó a París y fue favorecido por el rey Francisco. Tuvo una riña con La Primatrice a causa del Cellini, e hirió gravemente a un mal enemigo, por lo cual fue a prisión. Seguía siempre el cultivo de su individuo, y el de los versos, y el de su fresca y valiente vida. Concluía una carta suya que recibí en Florencia, con una cita de Séneca... «et in isto vitæ habitu compone placide, non molliter». Tan pronto oía rumor de guerra en cualquier parte, quería volar, buscaba el caballo que relincha en Job. Amador de gozo, había sido desde la infancia sabedor de sufrimiento; y en su fragante primavera, miraba a todos lados azorado, cual si sospechase que iban de pronto a salir cabezas de lobos de entre las rosas. Desconfiaba de la más dulce amistad, pues en el corazón de cada próximo bien podía haber un nido de perfidias. Gustaba largamente del buen vino de España, del excelente acero, de la carne en flor. Se exaltaba con facilidad, mas de la violencia pasaba en un instante a la blandura. Un día, con messer Luigi Alamanni, que era alegre y razonable, por una cuestión de arte, casi llega a la ofensa. Guardaba en su estancia hermosas armas, ricas sedas, libros de poemas, camafeos de diosas y figuras itifálicas. Dejé de verlo por la ausencia. Luego, no supe más de él. Un nuestro amigo romano me dijo estar en conocimiento de que habiendo partido a un país lejano y entrado en guerras, se había hecho coronar rey. Otro me refirió que lo habían matado. Otro que se había metido fraile.

...Hoy, en una mañana ardorosa de las calendas de Mayo, del año de 1904, en la ciudad de Florencia, he escrito las líneas anteriores, que he leído varias veces con meditación y cuidado. ¿Lo que contienen, es una creación de la fantasía, o bien un fijo recuerdo de una pasada realidad, o la concentración de un sueño?... Pasemos. Pasemos... Un poco de barata sabiduría alcánica no haría mal; o un poco de teosofía hindú y de H. P. B. No me interesan esas proezas. El que tenga ojos que vea. ¡Para los demás todo es inútil!

El Arno está allí, no lejos de donde escribo. Acabo de ver una vez más el palacio viejo, el Perseo, los sátiros que rodean al Biancone... Estoy saturado de italianidad y de florentinismo... Doy a Dios gracias por los aislamientos intelectuales que me procura, y por lo lejos que estoy de tantas otras gentes... Y gusto los versos de este poeta hispanoamericano, que es asimismo tan de Italia, tan del Renacimiento, aunque sea muy de hoy y tenga sangre española, y haya nacido en Caracas y habite en París. «Pequeña ópera lírica»... ¿qué me importa cómo se llame el instrumento si suena bien y seduce la armonía? El instrumento suena ya como una mandolina de Venecia, ya como una melancólica guitarra americana, o bien como una lira de arte nuevo. Mas, quien lo toca, tenedlo por seguro, es un hombre; un hombre que dice la verdad de su sentimiento y de su pensamiento, a veces lo más personalmente posible, a veces pagando el natural tributo al momento intelectual por que pasa la joven poesía castellana de ambos continentes. Ha pasado ya la primera tentativa de Querubín, D. Juan se afirma, sin que pueda evitar, un instante u otro, un acceso de sentimentalismo, pues tiene pupilas que contemplan el crepúsculo y oídos que oyen la revelación de un son de flauta. Un donjuanismo a veces pensativo, a veces precioso, a veces felino... Como de su don Juan gato. El dirá el encanto de las piedras preciosas, madrigalizará arcáicamente, pagará lo que debe a la literatura. Mas, cuando dice: Vida, es de verdad, y parece que se desnudase, que se pusiese en pleno sol en el orgullo de su animalidad, con el ímpetu de hacer cosas fuertes y naturales, primitivas, que manifiestan energía, músculo y voluntad. Y así contradice al espíritu de decadencia un soplo de humanismo. El cansancio, la tristeza urbana, la enfermedad de las lecturas, el residuo de las varias filosofías apuradas, dan paso a un soplo sano, a un aire germinal, a un aliento agrario.

...Me dan ganas

de beber leche, de domar un potro,

de atravesar un río...

Esto está ajeno a las parodias de corrupción estética que infestan algunos de nuestros rincones literarios, verlenianismo por fuerza, sibilinismo de importación, «porque así se hace ahora», cosas que a muchos parecen nuevas, y que ya son, en verdad, muy viejas. Hombre enérgico, de acción, la poesía le va bien, como el laurel a la frente, la banderola a la lanza y el penacho al casco. ¿Por qué te habías de dejar contagiar, ¡oh, amigo de Benvenuto y de Lorenzo!, por el rebajamiento de las aspiraciones, por la humillación ante su propia conciencia, por las petites saletées del literaturismo industrial que privan en las bajas regiones de la mentalidad parisiense, o mejor dicho, bulevardera? Si caes, tanto peor para ti, y rompe, antes, tus relaciones epistolares con la Primavera, y encógete de hombros ante los pañuelos blancos que dicen adiós. He leído estos versos con el placer que se experimenta siempre a la influencia de la juventud, con todos sus bellos excesos, exuberancias e irreflexiones. Tal fosco aspecto de ateísmo, tal contagio de superhombría germánica, tal ligereza de expresión, no van con mis pensares y mis gustos. Lo que sí va, es el amor a la Belleza en general, y a la femenina belleza en particular, y la continua tendencia a la vida, a la dominación de la vida, con sus países de ensueño y sus realidades armoniosas, productoras, floreales, genésicas. Va ese gran placer del sensitivo que toca los nervios del mundo y los siente vibrar al unísono con sus nervios; va el culto del beso y del verso, y la savia pagana y la locura sensual de todo panida.

El grupo de rimas es corto. Siete cañas tiene la siringa, y de cada una de ellas fluirá una rítmica voz. No alargaré esta disertación sobre la breve ópera en que se canta un alma. Sería fabricar un baúl para un collar de perlas o «hacer una casa para un ruiseñor.»

ITALOTERAPIA

El mejor sistema de curación para la fatiga de los inmensos capitales, para el hastío del tumulto, para la pereza cerebral, para la desolante neurastenia que os hace ver tan sólo el lado débil y oscuro de vuestra vida: este sol, estas gentes, estos recuerdos, esta poesía, estas piedras viejas.

****

DE TIERRAS SOLARES A TIERRAS DE BRUMA

WATERLOO

Cuando descendí del tren, un carruaje me condujo a recorrer el campo de batalla. Hacía un bello día primaveral. La vasta campiña verde se extendía bañada de sol fresco, de luz dulce. Y fue primero el gran recuerdo de Hugo, narrando la formidable caída del dueño del águila, y a los sonoros clarines líricos y a las terribles trompetas épicas apareció todo lo que el arte ha creado por obra del más tempestuoso derrumbamiento de gloria y de soberbia que hayan visto los siglos. Y entonces me convencía de que en realidad no puede ya fácilmente concebirse otro Napoleón que el Napoleón idealizado de la leyenda, el de los versos de Heine, el de los cuadros lívidos de Henri de Groux. Los lugares de peregrinación y de turismo, la realidad de las reliquias conservadas en las colecciones que se exhiben, todo contribuye a afirmar mayormente el carácter extrahumano de la acción que tuvo entre los hombres el semidiós, cuyas cenizas están bajo la cúpula de los Inválidos. (Semidiós..., cenizas, cenizas de semidiós..., ¡mísero planeta!) El gran león conmemorativo se alza sobre su alto pedestal; los monumentos dicen en letras borrosas nombres de guerreros; la Ferme Papelotte alza su torrecilla sobre las blancas paredes; Hougomont aún mantiene ruinoso el tremendo capítulo de Los miserables, las ruinas de la capilla, el Cristo de pies quemados, el pozo; todo es la ilustración patente del magnífico trozo de historia que cambió la suerte del mundo. Aun tal tronco de árbol, contemporáneo de la sangrienta función, se yergue, destrozado y mordido por la curiosidad o la piedad, o la admiración de estrictos visitantes. La Belle Alliance, blanca y vieja, junto a la verde alameda, da su testimonio como una abuela. En el cuartel general de Wellington hay un café y se vende leche fresca. En el castillo anciano, bajo un galpón, está el carretón y los barriles, tomados en Waterloo. Y en un hotel inglés en que hay un bar, se exhiben huesos, balas desenterradas, apolilladas casacas, petits-chapeaux, autógrafos de Blucher, Wellington y otros jefes, números del Times que dieron cuenta de la batalla, sables franceses, holandeses, ingleses, hierros viejos, memorias viejas. Una vieja inglesa hace el boniment, da la explicación, vende tarjetas postales... Después, uno, se toma, al lado, un bock, o un whisky-and-soda, entre ingleses, que no faltan, pensando en la leyenda del Águila, en el inmenso Napoleón, semidiós en cenizas.

Y he ahí que al dejar el vasto campo en el Mont-Saint-Jean, en donde tanta sangre se derramó por el Cabito, por el Pelón, por uno de los más tremendos azotes de Dios, cae sobre la tierra, harta de osamentas, la clara bondad de los azules cielos. Vacas rojas, manchadas de blanco, pacen sobre la felpa ondulada de la llanura. Un campesino ara. Suena a lo lejos un mugido. Un pájaro pasa sobre mi cabeza, como una flecha. Tranquilidad. Mayo. Paz.

POR EL RHIN

Adiós, Colonia, que aprendí a amar en Heine, y que me eres grata por tu catedral portentosa, por el agua que inventó Farina y por mi amigo Johan Fasthenrath, que traduce a los poetas españoles y ha llevado al zorrillesco D. Juan Tenorio a hablar en el idioma del Doctor Fausto. Te saludo por las once mil vírgenes que desembarcaron en tu suelo, guiadas por la divina Ursula; por Conrado de Hochsteden, tu Arzobispo; por el arquitecto de tu fábrica sagrada, que entró en tratos con el diablo antes que el amante de Margarita; por el bravo obispo Engelbert de Falkembourg y por Hermann Gryn, cuyas armas aún he podido contemplar esculpidas en tu rathaus. Llevo de ti la visión de tus puentes de barcas, del domo labrado que erige al firmamento sus oraciones de piedra, armoniosa y severa iglesia, hermana gótica de las maravillas de Burgos, de París, de las antiguas basílicas de las ciudades que antaño sabían orar católicamente; el magnífico esplendor moderno de tus construcciones, de tus paseos entrevistos y de una emperatriz Augusta, marmórea y serena, sentada sobre su blanco pedestal ante un plantío casi heraldizado de tulipanes multicolores.

¡El Rhin! Y siempre la vasta sombra hugueana por todas partes... Y la sombra de otro coloso, Wagner, y las armoniosas baladas de tantos poetas. Permitid que, por primera vez, cite versos a propósito, de un poeta que me es íntimamente personal y querido:

...; la celeste

Gretchen; claro de luna; el aria, el nido

del ruiseñor; y en una roca agreste,

la luz de nieve que del cielo llega

y baña a una hermosura que suspira

la queja vaga que a la noche entrega

Loreley en la lengua de la lira.

Y sobre el agua azul el caballero

Lohengrín; y su cisne, cual si fuese

un cincelado témpano viajero,

con su cuello enarcado en forma de S.

Y del divino Enrique Heine un canto

a la orilla del Rhin; y del divino

Wolfang la larga cabellera, el manto:

y de la uva teutona el blanco vino.

El vaporcito, flamante y elegante, sale por el río, hacia Maguncia. Miro a un lado la campaña verde, y a otro la fila de grises edificios comerciales y marítimos. Hay una que otra chimenea que lanza su humo. Se oye el rumor de la ciudad, y a lo lejos el agudo clamor de una sirena. Y antes de las últimas villas y chalets que señalan el término de población, alcanzo a divisar una especie de gigantesco guerrero, rey de piedra, o monumental burgrave que aparece como una evocación de la pasada feudalidad teutónica.

Y comienza el desfile de castillos, de esos castillos de cuento y de grabado que han deleitado nuestra infancia en páginas de dorados libros, en antiguos almanaques o en ornamentados keepsakes. Y sobre las torres arruinadas, o sobre las restauradas almenas, pasa el vuelo de las tradiciones legendarias.

Y es el pasado recóndito, la prodigiosa Edad Media «enorme y delicada», o los nombres de ayer, resplandecientes de gloria y sonoros de armonía. He aquí ya Bonn, que, más altas que su castillo de Poppelsdorf, levanta dos banderas de gloria: Arndt, Beethoven. He aquí las siete montañas a un lado, y a otro el derruido Godesberg; y una vasta procesión de poéticas resurrecciones empieza. ¿Son cincuenta nombres? ¿Son cien nombres? ¿Son mil? Son un mundo de creaciones de la historia, de la fantasía popular y de la celeste potencia de los maestros de la lira y del arpa. Y sucede que, a menudo, mientras vais pensando en una brumosa soñación, o mirando con los ojos de vuestra mente las figuras de luz de luna, nacidas de la melodía de los poemas, pasa de pronto ante vuestros carnales ojos, por la cultivada ribera, a perderse en la negrura de un túnel, una locomotora, que arrastra su caudal de vagones. Cuando Hugo vino todavía no había ferrocarriles en estas regiones que sintieron antaño el paso de los dragones y de los gigantes. El maestro recogió muchos ecos de las sagas rhenanas, y los repitió y aprisionó en la prosa suya, hecha como con las mismas rocas duras de los montes y de los cimientos indestructibles de los castillos señoriales. Pero las leyendas son innumerables y vencen al paso de los siglos. Su gran enemigo, el progreso, apenas las toca y transforma. Lo que es estudio folklórico para los eruditos, vive y palpita siempre en la imaginación y en el corazón populares—y en el santuario de los incontaminados poetas.

...Gryn, el matador de leones, pasa. Surgen entre las viejas piedras, en las leyendas ciudadanas, testas de fieros arzobispos, o de duros y severos burgomaestres. Soberbios bandidos son amados, antes que Hernani, por deliciosas y delicadas castellanas. Entre huestes semejantes a perros rabiosos, florecen dulces rubias que melifican el espanto de las torturas y carnicerías.

Caballeros que parten en peregrinación a Palestina, son salvados de las desgracias por el Señor, a quien elevan capillas votivas. El milagro florece como en Jacobo de Voragine; hay dragones como en las vidas de los santos, y gigantes como en las Mil y una Noches, y aparecidos como en los cuentos del pueblo. Mujeres ideales, de ojos azules, son lirios de felicidad y rosas de consagración. Bárbaros velludos como osos y feroces como tigres, se mueren de amor por las blancas y finas adoradas. Princesas de lánguidos cuellos cantan romanzas acompañándose con el arpa, ante reyes paternales, de largas barbas y ojos pensativos. Peregrinos tocan a las puertas de los castillos en noches tempestuosas. Los alquimistas hacen el oro en sus nocturnas tareas. Los templarios combaten, o emplazan, en la hoguera, a sus verdugos, ante el tribunal de Dios. Los cuernos de caza hacen resonar los bosques y los rudos cazadores persiguen en caballos como huracanes, ciervos y jabalíes. Lorelay, envuelta en gasa lunar, melodiosa, amorosa, peligrosa, la mujer, la ilusión, la sirena, se sienta en su roca.

Antorchas llameantes brillan entre los peñascos. San Clemente libra a la suave Ina, de la furia del río y de los bandidos. Uta, muere abrazada a su amante Reichenstein, en un suicidio amoroso que ha de ser, corriendo los tiempos, un común faits-divers. El Arzobispo Hatto, a quien la historia alaba y la leyenda vitupera, muere, por castigo de Dios, a causa de su mal corazón, comido por los ratones. El Conde Eppo encuentra en una montaña a una bella joven robada por un gigante; y, con ayuda de la Santísima Trinidad, salva a la dama y echa al monstruo en un precipicio en donde muere despedazado. La enorme persona de Carlo Magno aparece aquí, allá. Su hija Emma, casada contra su voluntad, va a habitar con su esposo Egimardo, en el campo; luego el emperador, ante ellos, un día que los encuentra por casualidad, y los reconoce, felices, les perdona y les lleva a su palacio. El mismo César sale, en coche, en excursiones, con el bandido Elbegart, que es un bandido cuerdo y valiente. Condes violentos y caprichosos son vencidos en sus mansiones feudaes por la unión de los comerciantes de las ciudades coligadas. El caballero de Stanferberg se enamora de una ondina y es correspondido; luego es infiel a su juramento de amor y es castigado por la cólera de las ondas vengadoras. Una sirena discreta y hacendosa, va a hilar en la rueca, a la casa de un joven que se apasiona por ella. Una noche la sigue, la ve entrar en las aguas del Rhin, y muere al lanzarse tras ella en los cristales del río. Los espíritus salen de las tumbas a amonestar a los caballeros demasiado tunantes. Lobos furiosos castigan a las profetisas que, enamoradas de los hombres, pierden su castidad y su don pitónico. Bodegas ocultas guardan un vino de dioses que inútilmente es buscado en los campos misteriosos. El diablo, Satanás en persona, sale de sus abismos y entra en tratos con las personas que andan en apuros y dificultades, y las saca de ellos, a trueque del alma y de la salvación eterna. Pero Nuestra Señora suele aparecer a tiempo con su poder, y manda a los infiernos al perverso demonio. Un joven pintor ve de noche renovarse en Oppenmeins, entre esqueletos, una batalla entre suecos y españoles, de la guerra de Treinta años. Una diestra caballería conduce a la dama que la monta y a la que se quiere casar por fuerza, a la mansión de su amante. Y cien y cien más páginas, de sangre y de bruma, de luz pálida o de resplandores rojos, hasta llegar a esa Maguncia famosa en que nació el hombre que despúes Lucifer ha hecho mayor competencia al Creador: Gutenberg.

Desfile de castillos, desfile de leyendas, revuelo de poesía y de encanto lírico, en este viaje de horas, por el río sereno, eternamente perfumado por el vino pálido que dan las viñas de sus orillas. Y canta Adelaida von Stolterfoth: «Del polvo de la ruina nace en el Rhin una vida más bella. Giran los espíritus que por tanto tiempo han descansado en las tumbas; resuenan las canciones con extraños saludos que yo debo repetir suavemente en mis canciones y en mis ensueños. Cuando veo volar al pájaro en las alturas del azul del aire; cuando veo deslizarse los barcos en la lejanía de las brumas grises, me parece que dice palabras el pájaro al hender los espacios, y otras palabras escucho al rápido paso de la embarcación.» Y yo también, peregrino de arte, de americanas tierras, hecho al sol y al canto de la vida latina, he puesto el oído atento a esas palabras de las aves y de las barcas germánicas, y de esa bruma he visto surgir la eterna gracia de las almas aladas, la virtud de la sagrada poesía, a la cual no vencerán ni los odios humanos, ni las sequedades de los intereses modernos, ni la mediocridad de las chatas cabezas de los regeneradores igualitarios. Pues la soberanía del espíritu se basa en lo que está más allá del bien y del mal, más allá de nuestro planeta mismo y de nuestros conceptos de verdad y de mentira: en lo infinito, en lo absoluto.

FRANCFORT S. M.

Francfort, ciudad seca, triste, honrada, judía. A pesar del abuso del art nouveau que la invade como a todas las ciudades alemanas, a pesar de sus tranvías eléctricos y de los palacios modernos de sus banqueros, tiene un aire de antigüedad, un olor de vejez y un sello imborrable de ghetto y de judengasse. Por algo hacen detener el carruaje cuando, al pasar por la calle Boerne, os señalan una casita vieillotte de estampa, blanca, con su fachada terminada en punta, sus ventanas con cortinillas de encaje, sus dos rejas de hierro en la parte baja. Es la casa-madre, la cuna del poder de los Rothschild. Allí vivió y allí manejó sus primeros millones el viejo rex Judeorum, tronco de los barones de hoy. La sequedad y la tristeza de esta ciudad de finanzas apenas es alegrada aquí, allá, por la figura de mármol o de bronce de un pensador, de un poeta. Aquí Schiller, allá Goethe, más allá Lessing. Pasan tipos de Shilock, o hermosas Rebecas, por las calles en donde se alzan los muros de la sinagoga. La restaurada catedral se ve como extraña en esta tierra de circuncisos. En el día, se siente el hervor de los negocios, la agitación de los rapaces mercaderes de oro. De noche, no hay lugar más triste. A las diez, ya los teatros están cerrados. A las diez y media, nadie anda por las calles. Tanto como el catolicismo, el arte parece estar aquí en dominio ajeno. Apenas se sabe aquí que existe un museo Goethe, en donde, junto con documentos iconográficos, se guardan objetos y manuscritos del gran alemán. El verdadero santuario de Francfort del Mein, es la casita de verjas de hierro y de las cortinillas blancas: la casa de los viejos Rothschild.

La sombra del Emperador de la banca, del César israelita, se ve, por los ojos de nuestra adoración mammónica contemporánea, más grande que la del remoto y casi ignorado Gunther Schwarzburg, y aun que la del fabuloso Carlo Magno, cuya estatua se alza en el rojo y viejo puente sobre el río moroso que divide la población.

HAMBURGO O EL REINO DE LOS CISNES

Huysmans ha sido injusto con Hamburgo, y su duro humor se ha expresado en párrafos acres. Es que Durtal no fue a visitar el paraíso de los cisnes, y M. Folantin comió mal a dos marcos cincuenta. Hamburgo es alegre, casi con alegría latina, en cuanto cabe en un centro sajón. Hamburgo es la ciudad trabajadora, negociante, independiente, con su estricto senado, sus fábricas, sus canales, sus grandes hoteles, sus almacenes copiosos, y es también la ciudad que se divierte, se embellece, coquetea con el extranjero, tiene un su San Paulique que se parece a Montmartre como la cerveza al champaña, cafés al aire libre, a la orilla del Alster animado de yates, y a donde se va en vaporcitos, y en donde, los domingos, garridas muchachas flirtean al son de la música. Tiene un gran barrio lujoso que algunos llaman la Judea, porque poderosos semitas gozan en villas y cottages de la felicidad que da el dinero. Huysmans habla, feroz, de caraqueños que encontró en este emporio comercial. Yo no he encontrado a ningún compatriota de Bolívar, aunque no es raro oír hablar español, pues son muchos los hispanoamericanos residentes, y los hamburgueses que se han venido a establecer con sus familias criollas, después de hacer fortuna en las lejanas tierras calientes. Las arquitecturas distintas surgen entre los verdores de los jardines o al lado de las ordenadas alamedas.

Helkendorf, fresco y florido, tiene rincones deliciosos de descanso, de amor y de ensueño, pues no es imposible ejercer esa delicada función de soñar en una ciudad en donde los habitantes, por muy prácticos que sean, tienen un poético paraje formado por un remanso del río, en el cual paraje una cantidad numerosa de cisnes es mantenida por el erario público. Estos poetas no tienen otra ocupación más que consagrarse a la belleza, ser blancos—hay algunos negros—y deslizarse gallardamente, con la dignidad que les dejó como herencia Júpiter. Ellos cumplen exactamente con sus obligaciones, y además de la pitanza que les ofrecen sus guardianes, el público los gratifica con migas de pan. El remanso es cristalino, la ribera florida; las tardes de oro llueven gracia mágica sobre ese divino espectáculo, que pondría meditabundo al doctor Tribulat Bonhomet. Y los líricos habitantes de esos cristales que multiplican sus olímpicos aspectos, gozan de la más dulce beatitud en la capital de los falsificadores y mercaderes teutónicos. Aunque, en verdad, no he dejado de sentirme un poco inquieto cuando, comiendo en compañía de un mi conocido, exportador semita, me ha dicho, con una manera de satisfacción glotona, que el cisne, como el ganso, bien preparado, es, ¡ay! muy sabroso.

Y a propósito de líricos cisnes, os he dicho que Hamburgo tiene un Montmartre que se llama San Pauli... A mí me lo habían asegurado así, al menos. ¿Un Montmartre...? Para marineros. Con uno que otro café de nota, en que se puede comer halagado por la orquesta. Por lo demás, los teatritos son sórdidos, con chanteuses de deshecho, espesas mugidoras de romanzas, o flacas parcas que dicen en inglés o en alemán chillonas canciones. No hay un solo cabaret, un solo poeta melenudo o sin melena que evoque el recuerdo de Privas, de Rictus o de Montoya. En un gran salón de audiciones populares, da conciertos una banda militar. En la plaza, un guignol atrae al populo; los letreros de la luz eléctrica prometen maravillas, y en el interior, la diversión es mala y fastidiosa. Quedan los restaurantes, con las sopas dulces, las salchichas, los diversos bráten, y la excelente cerveza. M. de Folantin, por un lado, tuvo razón. Pero, ¡oh, Des Esseintes!, ¿y los cisnes?

BERLÍN

Al conocer Alemania, y sobre todo, Berlín, he creído comprender al emperador. Guillermo II, militar, creyente fervoroso, apasionado de arte, inquieto, viajero, abarcador, es el único cerebro de coronada testa en que hoy caben los antiguos ideales de grandeza, de dominación y de dignidad cesárea que constituyeron, durante tanto tiempo, el poder y la fuerza del vigoroso feudalismo. Todos los monarcas de hoy, más o menos, con excepción quizá del autócrata de Rusia, merecen el paraguas de Luis Felipe. Guillermo II, compatriota de Lohengrin, vidente que ha previsto no hace mucho tiempo y anunciado a las naciones, por medio de un simbólico dibujo célebre, el despertamiento y la acometida de la raza amarilla contra la blanca Europa; Guillermo II, que, si no fuese el óbice pietista, quién sabe si llegaría hasta realizar la liga medioeval dominadora del mundo—el Papa y el Emperador;— Guillermo II, vive más allá del momento, inspirado en lo pasado, presintiendo lo porvenir, y amacizando el presente robusto de su país, con la rigurosa disciplina que lo militariza todo, príncipe de ideal sustentado por la realidad de la fuerza, creyente cuando ya casi no hay rey que crea ni en su propio derecho divino, respetuoso de la tradición eclesiástica romana, cuando la misma Francia cristianísima echa de su suelo a las congregaciones religiosas y está dominada por un gobierno que no desearía otra cosa que la completa ruptura del concordato y la separación absoluta de la iglesia; Guillermo II, cuya actividad asombra, cuyo talento no hay quien no reconozca, cuyo carácter es de acero como su voluntad, está en su verdadero centro en este Berlín geométrico, alegre de otra alegría que la de París, hollado a cada momento por el paso de las tropas, con su Unter den Linden que extiende su verde avenida entre las casas lujosas, con su movimiento comercial y su circulación activa, y en donde, junto a las conmemoraciones de las armas, se levantan las conmemoraciones de las artes y de las ciencias. Y no en vano el divino Euforión surgió en esta tierra a la evocación del cisne de Weimar, pues en esta capital bárbara a cada paso se mira florecer la gracia helénica, ya en la composición de los artificiales paisajes, en las arquitecturas urbanas, en las construcciones monumentales. Yo no sabría alabar cierta protestante hipocresía general que se nota en la vida; pero, sí, la bella libertad del arte en sus mejores manifestaciones, una larga comprensión de la armonía, del desnudo, de la euritmia griega. Y esto se explica. Aquí, en tierra germánica, Goethe resucitó la olímpica persona de la homérica Helena, Lessing meditó sus dilucidaciones del Laoconte, Juan Pablo pensó: Heine, el ruiseñor, se abrevó de agua castalia; Momsen construyó su edificio mental sobre las gloriosas ruinas de Roma.

La luz de la Helade alcanzó las brumas septentrionales. Allí en Charlotemburg, siguiendo el silencioso camino de copudas alamedas, al suave rozar de los pinos, entre los macizos de rosas, entre los plantíos de tulipanes, he llegado al severo y sencillo templete que sirve de lugar de reposo a los restos imperiales de los abuelos de Guillermo II. Un coloso marcial de larga y rubia barba me ha permitido la entrada. Y he tenido, en verdad, como la vaga sensación de un ensueño. A través de los vidrios de un color azul dulce y de cielo, la onda solar penetra maravillosamente, de manera que baña el recinto con su tenue y paradisiaco resplandor. Y a esa blanda y mágica luminosidad se ve alzarse la alta figura tristemente grave de un divino centinela, el arcángel Miguel, armado de su espada flamígera, y luego, he allí tres yacentes estatuas sobre tres mausoleos. Y en el fondo un Jesucristo de mosaico, que dice con su leyenda y con su expresión sabias y celestes palabras. Allí descansa en la paz de Dios Federico Guillermo II; allí descansa en la misericordia de Dios Guillermo I, emperador de Alemania y rey de Prusia. Y he allí, a su lado, a la Dama porfirogénita que es semejante a una diosa. El artista no haría con más amor que el que ha puesto al hacer ese cuerpo admirable apenas cubierto por el lino fino de la túnica, el cuerpo de Diana o el cuerpo de Venus. ¿Es Diana, es Venus dormida? Diana no es, pues la maternidad se revela en esa flor en plena hermosura; no es Venus, pues antes bien que la tentadora gracia de la carne, se desprende de esa forma una dignidad casta y serena. Y la luz tamizada pone una caricia paradisiaca sobre esa realización pagana; y Miguel, apoyado en su arma flamígera, vela silencioso: una paz sepulcral llena el estrecho habitáculo de los príncipes de mármol; e iguales a los del último paria, en la sola y posible igualdad de la transformación eterna, quedan en sus criptas semejantes a santuarios, esos puñados de huesos de Hohenzollern.

Berlín: cuarteles, museos, estatuas, paseos con más estatuas, derroche de mármol como en la alameda de la Victoria, mármol para todos los Hohenstauffen, mármol para los Hohenzollern, y bronce y mármol para el gran Federico, para el gran Guillermo, para Moltke, para Bismarck; almacenes, pasajes llenos de tiendas de bric-a-brac, pomposas cigarrerías, restaurantes de cervezas y restaurantes de vinos; grandes teatros y un music-hall enorme. Y un aquárium que llamó la atención de Huysmans. Huysmans vio mucho, pero no lo vio todo, naturalmente. A mí me ha parecido entrar en un círculo del Dante, en el cual hubiera necesitado, como Virgilio, a mi amigo el doctor Holmberg. El aquárium es subterráneo, y no es solamente aquárium, pues se exhiben hasta loros y arañas y otros bichos pesadillescos, como ese horroroso ptatydactilus aegipcianus que está a la entrada, semejante a una rana estirada, y el zomurus gigánteus, lagarto erizado como de púas de hierro. Más allá, la africana bitis gabónica, serpiente con la piel pintada art-nouveau, y el pithon feroz y el crótalo con su apéndice de cascabeles; el naja búngarus, venenosísimo y aterciopelado; iguanas crestadas, nudos de viboritas enredadas como macarrones, y grises, y flácidas; y luego la anaconda brasileña. Se desciende, y en un estanque, entre peñascos, hay focas y leones marinos, y a un lado, papagayos blancos; y después una gran pajarera, donde se oyen arrullos de paloma y cuchilleo de aves. A un lado, apenas separados por una barrera baja y muy franqueable, los cocodrilos semejantes a troncos, a piedras. Y en seguida, la siboldia máxima japonesa, monstruoso y leproso lagarto. ¿Os atrae de nuevo la pajarera? Es que canta la gymnorhinia tibicen, igual a un cuervo que tuviese una blanca sobrepelliz y que tocase la flauta. Un hoyo lleno de agua: el cocodrilo negro de China, como un gran «garrobo». Y por fin, os atrae el verdadero aquárium, la fantástica vida submarina que tanto ha interesado al autor de A Rebours. Es la inaudita flora del Océano, los peces de sueños calenturientos, los aspectos de visión diabólica, o de locura. Veo en un fondo de arenas y de roca, naranjas que se mueven, crustáceos imprevistos, caprichos madrepóricos, semivivientes rábanos que se encogen, hipocampos y estrellas purpúreas. Erizos como pelotas de alfileres, entre lechugas de cristal verdemarino. Y grutas. Y un pecezote hinchado, inflado, junto al escorpión de mar. Hay una brocha que se mueve, una vejiga de manteca, plumones y espumas. Entreabiertas, grandes valvas que parecen abanicos, cactus y raquetas de lawn tennis. Pagurus inverosímiles van arrastrando sus casas llenas de púas y protuberancias. Y la pluralidad de los peces, la variedad de sus tipos, son desconcertantes. Y veis en todas sus faces monstruosas, hasta en las más increíbles, la reproducción de fisonomías humanas que habéis observado, desde las comunes hasta las deformes del raquitismo, de la idiotez, de la imbecilidad, de los casos crueles de los manicomios. Y hay formas y gestos que creeríais imaginarios y alucinatorios; y os convencéis que los pintores holandeses de ciertos cuadros demoníacos, y el mismo Rops y Odilon Redon, con sus fantasías monstruosas e ilusorias, no han creado nada, pues todo lo que la imaginación del hombre más torturado de visiones infernales pueda imaginar, existe en los secretos misteriosos y en los profundos laboratorios de la naturaleza. Seguís, y os encontráis con la murena que se envaina en un tubo como un espeso sable gris. Pequeños pulpos evolucionan entre el agua burbujeante. Inmóvil sobre la arena, está la negra raya chata, de pizarra terrosa con su arpón largo. Y pasa despacioso el homard, enorme alacrán marino acorazado, que en vez del venenoso garfio, tiene una mariposa de terciopelo negro ornada de amarillo.

Berlín: ciudad que sabe la ordenanza, el latín, el griego, y también el plat-deustch; ciudad fuerte, pecadora, pero pacata; elegante, pero dura; rica, banquera; de arte; pero con cierto mal gusto común; con mujeres lindas, pero que tienen unos pies aplastadores de ilusiones; ciudad de secretos escándalos y de corrección excesiva; ciudad en que se siente la influencia del cuartel junto a la de la universidad; ciudad llena de cosas contradictorias, donde visitando un templo, os aborda un proxeneta que os promete el pecado, y en un bar, entre gentes pecadoras, se os aparece una mujer que os ofrece periódicos religiosos y os vende ¡imágenes de Cristo!

VIENA

Me habían dicho: «Es una hermana de París». Es una hermana de París que tiene los ojos más azules de tanto mirarse en el espejo del Danubio. Hay en la ciudad una alegría comunicativa, y si no la gracia impregnada de parisina, posee la elegancia, la gallardía de la seducción.

Para mí, Viena y vals eran dos ideas juntas en mi mente. Viena, vals, placer. Un gran torbellino de mujeres hermosas en brazos de magníficos danzadores, deslizándose en anchas salas lisas, mientras afuera pasaban sonoros carruajes, se alzaban soberbios monumentos, bullía el mundo. Más o menos, he podido encontrar realizada esa imaginación, con mucho progreso además y mucho jardín atrayente, y mucho divertimiento, y mucha belleza femenina, y el centenario del padre del vals, Joseph Johan Strauss, que acaba de celebrarse. En su honor me he invitado a almorzar en el Volksgarten. En su honor y con una reverencia al poeta Grillparzer, cuyo monumento se alza no lejos de donde me sirven excelente rostbraten y una pilsen de oro pálido, que es como líquida seda helada, mientras la brava orquesta anima el suave aire con ritmos armoniosos y ondulantes. En este mismo jardín fue donde Strauss dirigió la suya. Aquí nació el vals, a cuyos compases se balanceó el orbe; el vals, halago de la melancolía, lengua del gozo, música de amor, creación de un músico minor, pero que adoptarían los más altos y mayores, como Weber, como Chopín, como el mismo poderoso Beethoven. ¿Que Lanner, el amigo y rival, tuvo parte en el invento? Nadie se acuerda de Lanner, hoy, como no sea para hacer constar que tenía mucho menos talento que Strauss.

Juraría que no hay uno solo de los que lean estas líneas, que no haya tenido en su vida un momento de animado placer, o de dulce tristeza, al mágico brotar de esa pequeña y cristalina cascada melodiosa que se llama El Danubio azul... Yo le debo muy copiosa cosecha de recuerdos y de ensueños, ya lanzada por las orquestas, ejecutadas en confidenciales pianos, o suspirada por errantes organillos; sobre todo por los organillos...

También como París, es este un país de arte, y en una avenida os encontraréis con un grande y pensativo Goethe, sentado en su sillón de bronce, o en una plazuela con un Mozart, jóvenes y airosos, o con Beethoven, o con Schiller; y en todas partes, un ambiente propicio al pensamiento. Y, sobre todo, un invisible soplo que incita al placer. En París hay más vicio que goce, aquí más goce que vicio. De todas maneras, aquí lanzó su último aliento el probo y sensato Marco Aurelio, que, entre sus mejores sentencias, ha dejado ésta, si poco purista, muy cuerda: «En general, el vicio no daña al mundo, y en particular, no daña sino a aquel que no puede abandonarlo cuando quiere».

Viena placentera, pero también Viena laboriosa, pensadora, política, sentimental, artística, guerrera, religiosa. Todo encontraréis a vuestro paso. Aquí su palacio imperial; su catedral, enorme vegetación de piedra; más allá, Santa María Stiegen, vasto bouquet de ojivas y flechas, lo antiguo; y más allá, su teatro de la Opera, con su peristilo coronado por dos caballeros de bronce, lo moderno; o el Hofburgtheater, serio y elegante, al cual se llega por entre dos filas de estatuas de mármol, que tienen por fondo verdores de árboles y macizos de flores; o la Rathaus imponente con su elevada torre central; o el palacio del Reichsrath, y el frontispicio del parlamento, todo griego; y ante este último, mientras a sus pies, entre simulacros marmóreos, se vierte el agua armoniosa de una ánfora, Palas Atenea, gigantesca, se apoya en su lanza de oro y tiene en la diestra la alada Victoria.

Dulces rincones amorosos, blandos retiros, labrados quioscos y curvos chorros de agua, en los jardines, en el Stadtpark, lleno de risas de niños; en Schwarzenberg, fácil a las citas y a los suspiros, o en el mismo Volksgarten, con su templo a Teseo, y sus alamedas, sus umbrías, sus tibios nidos, sus fragancias de parque y sus rumores de bosque. O allá, en el Prater, que si no vale el Bois parisiense, tiene especiales atractivos, en sus recodos de floresta y sus techumbres de hojas y su larguísima avenida. Mas, nada como ese fastuoso e histórico Schönbrunn, donde recordáis a Versalles y a Le Nôtre, y al gran Napoleón, y al triste Aiglon, hijo del Águila. Flota un ambiente singular entre las bien ordenadas arquitecturas vegetales, entre los templetes de ramas y las verdes cúpulas y arcadas que forman los recortados tilos, las copas educadas y pomposas de los castaños. Las mitologías de las fuentes se bañan en la exhalación de vaporizadas perlas de su propia lluvia. Grata quietud invita a sentarse en los místicos bancos de los parterres, a meditar, a soñar, a imaginarse las bellas representaciones de la historia, mientras en su magnífica altura, la Gloriette destaca sobre el fondo celeste su pórtico soberbio, aún persistente decoración de más de una comedia y drama imperiales y reales.

LA TUMBA DE LOS NUEVOS ATRIDAS

Un capuchino de larga barba guía al grupo de visitantes—campesinos, forasteros e ingleses. Al bajar la escalera estrecha de la bóveda, el ruido de los pasos. Luego, el ruido de las llaves de su reverencia. Luego, silencio. Y el cicerone de capucha, comienza a decir su lección, recorriendo las tumbas del lado derecho, los sarcófagos viejos, en donde reposan reales e imperiales huesos viejísimos, entre las cajas de metal gris labrado de esculturas macabras y simbólicas, tras duras rejas férreas. A mí no me interesan esos príncipes antiguos que tienen su página correspondiente en los anales austriacos: no me atrae Matías, ni Ana, ni José, ni Leopoldo, ni Carlos. Yo voy hacia la izquierda, en donde duermen los porfirogénitos malditos, las coronadas testas perseguidas por el destino, la familia misteriosa y fatídica de los Atridas modernos, esos Hapsburgos rubios o brunos, jóvenes o viejos, pero idénticos en el sufrimiento, en la desventura, en la tragedia. No me impresiona tanto el ataúd en que están los restos del duque de Reichstadt, ni el nombre de María Luisa en la caja mortuoria, como los otros sarcófagos en que duermen su eterno sueño, Maximiliano, el emperador de la barba de oro, el del cerro de las campanas; Elisabeth, la «emperatriz errante», que segó el anarquismo, y

Rodolfo, el de la novela sangrienta. Aquí reposa, en la paz de la muerte, el que estaba destinado a ceñir la corona de los emperadores de Austria y de los reyes de Hungría. El capuchino explica rápida y precisamente, en alemán, la vida de cada uno de los príncipes difuntos que reposan en el subterráneo; y el profundo silencio de los visitantes es tan solamente interrumpido por un vago rumor de palabras entredichas en voz baja, cuando se detiene el grupo ante el sepulcro del archiduque Rodolfo de Hapsburgo. Pequeña iglesia de los capuchinos, que encierra tanta desventura, los despojos de esa familia predestinada fatídicamente a ser azotada por la desgracia; tristes grandezas desaparecidas entre la locura y la sangre; seres de vidas extraordinarias que realizan las más lúgubres y dolorosas creaciones de los poetas del destino, de los dramaturgos del misterio.

LA SECESIÓN

Cuando en 1900 vi en el Grand Palais la sección correspondiente a los secesionistas vieneses, mi entusiasmo fue vivo y justo. He ahí unos cuantos adoradores sinceros de la libertad del arte, buscadores de lo nuevo, de lo raro, según sus temperamentos, o intérpretes personales de las antiguas tradiciones artísticas, sin blague bulevardera, sin esteticismos montmartreses, sin los absurdos mamarrachos que, entre pocas obras de talento, exhiben unos cuantos desalmados, en el Salón de los Indépendents parisienses. ¿Es que el ambiente es otro? ¿Es que en Viena la lucha por la vida y por la gloria es distinta? La verdad es que, en todos los esfuerzos de los artistas de la Secesión, noto una sinceridad y una noble independencia y una consagración a la idea y a la realización de la belleza, muy distantes de los extravagantes épateurs apurados de arribismo que abundan en la capital francesa.

En edificio propio construido y arreglado conforme con los gustos y pensares estéticos de los organizadores del museo, la obra de la Secesión se exhibe en la metrópoli austriaca como un testimonio innegable del tesón, de la energía y del talento de sus puros artistas. El museo es un museo «de excepción» como diría Vittorio Pica. Nada de lo que hay en él es vulgar ni común, y se manifiesta en todo un don de alta gracia y una voluntad de hermosura y una fuerza de pensamiento, que honran y elevan sobremanera a la luchadora mentalidad austriaca. Aquí se ve que no se busca asustar al burgués, sino más bien darle una nueva revelación de belleza. Aquí tienen nobles sacerdotes el ensueño y la vida misteriosa, y el pincel y el cincel dicen la profundidad de lo desconocido, lo arcano de nuestras humanas existencias y el enigma que existe en toda cosa. Sintéticos o complicados, expresan sus meditaciones y sus visiones interiores, o en un extraño aparato simbólico hacen surgir un aspecto de la verdad posible, o hacen florecer de luz el alma, o cristalizan lo indeciso y lo recóndito. Y hay la franca expresión y el desdén de toda rutina. Aquí es el único museo del mundo en donde no solamente se ha destrozado la académica hoja de parra, sino que se ha tenido el valor de revelar lo más íntimo, de no ocultar lo más oculto, a punto de que se os vienen a la memoria ciertas cuartetas memorables de Théophile Gautier. La leyenda tiene sus cultivadores. Veo cien cuadros que me atraen; no os diré los nombres de los autores, pues no están en las telas y no tengo tiempo para anotar un catálogo. Sí recordaré al potente Franz Metzner, el Rodin austriaco, el autor de ese poema soberbio de mármol que se llama La Tierra, y de admirables estudios decorativos y de bustos y de estatuas de una originalidad imponente y comprensiva. La Tierra, de Metzner, está expuesta en un saloncito especial, adornado tan solamente de expresivos telamones y de su sola, impresionante y elegante sencillez. Y la figura en que se manifiestan la vida y el ritmo terrestres y la fuerza natural, está sobre su base como la majestad y el misterio de un simulacro sagrado. Lo que la Secesión ha enviado a la Exposición de San Luis, atestigua el valor de sus pintores, decoradores, estatuarios, ceramistas, mueblistas. Ferdinand Andri envía sus figuras valientes, que renuevan algo del arcáico arte asirio; Metzner, sus soberbias creaciones plásticas, sus sintéticas expresiones de la persona humana; Klimt, sus cuadros simbólicos de factura extraordinaria y de significación honda, como El manzano de oro, La vida es un combate, La Jurisprudencia y La Filosofía, que tantas discusiones causó cuando se expuso en París en la última Exposición Universal.

Salgo de la Secesión encantado de encontrar un verdadero templo del arte en tiempos en que los templos del arte están en posesión de los mercaderes, de los insinceros, de los pacotillistas o de los histriones. Y saludo ese esfuerzo generoso, deseando que en nuestros países de arte naciente se junten las energías individuales de los puros, de los incontaminados, y procuren hacer algo semejante, lejos de la chatura de las escuelas de limitación y atrofia y de las modas vanas que nada tienen que ver con la eternidad de la belleza.

BUDA-PEST

...Buda-Pest: el Rey; María Teresa; el Danubio azul; paprikahum, vino de Tokai...; y una vieja zarzuela que deleiteó mis años infantiles. Los Madgyares, en la cual cantaba un coro:

Vamos señores

A la feria de Buda,

Que hoy es el día

De vender y comprar.

Y los trajes vistosos de alamares y galones, y el leguito del convento:

Ego sum, ego sum

El leguito del convento

Ego sum, además

Campanero y sacristán...

Y me hechizó la ciudad bizarra, o más bien las dos ciudades gemelas unidas por los magníficos puentes, con su clima, sus flores, sus paseos, su barrio elegante y moderno en que casi todas las nuevas construcciones son art nouveau, o secesión, mansiones caprichosas de los magnates y propietarios de pingües pushtas y «economías». Es una delicia pasear por el kiralgi var, y sus palacios y verdores, a orillas del agua azul del armonioso río. Hay edificios espléndidos como el magnífico parlamento, que se refleja en el Danubio, y sus plazas espaciosas, las calles y avenidas, y sobre todo, las más bellas mujeres del mundo hacen mirar esta tierra como un terrenal paraíso. ¡Oh! todos los países tienen lugares de gozo y bellas mujeres, pero la Ciudad del Amor y de la hermosura, creedme, es Buda-Pest. Hay un lugar, en un suburbio de la ciudad de Pest, que se llama Os Buda Vara, jardín, paseo; feria nocturna, lleno de atracciones, teatritos, ventas diversas, castillos luminosos, flores, perfumes, músicas nacionales, trajes pintorescos; y allí he visto una colección de beldades que habrían dejado meditabundo y soñador al mismo rey Salomón que, como sabéis, era de gusto exquisito.

Un momento ha habido de duelo nacional, más que duelo ha sido una glorificación, una apoteosis: la muerte de Jokai. Impregnado del encanto de esta ciudad fascinadora, he asistido a los funerales de su poeta, de su novelista, de su pensador nacional. Pasaban los carros cargados de coronas por la gran calle Andrassy, en donde estaba la morada del escritor; el cortejo era solemne y fastuoso; representantes del gobierno asistían a la ceremonia en que se honraba la memoria del viejo revolucionario; vistosos y pintorescos uniformes militares, universitarios, heráldicos, desfilaban en la severa procesión. Y en los balcones, adornados de colgaduras de duelo, se veía una muchedumbre de rostros divinos en que brillaban maravillosos ojos húngaros. Y ante ese esplendor y ese prodigio de belleza femenina, al pasar el carro de las más frescas coronas, de los estudiantes, compré a una florista un ramo de rosas, y, poeta desconocido de lejanas tierras, con el corazón palpitante, con un temor de emoción, arrojé yo también mi ofrenda al anciano Jokai.